我们聊聊吧

ISBN: 9787115622990

This is an authorized translation from the SIMPLIFIED CHINESE language edition entitled
《我们聊聊吧》published by Posts & Telecom Press Co., Ltd., through Beijing United Glory
Culture & Media Co., Ltd., arrangement with EntersKorea Co.,Ltd.

완전한 소통을 위한 관계심리학

우리 대화할까요

완전한 소통을 위한 관계심리학

우리 대화할까요

펴낸날 2024년 4월 20일 1판 1쇄

지은이 후선즈
옮긴이 박지수
펴낸이 김영선
편집주간 이교숙
교정·교열 정아영, 나지원, 이라야, 남은영
경영지원 최은정
디자인 정윤경
마케팅 신용천

발행처 ㈜다빈치하우스·미디어숲
출판브랜드 더페이지
주소 경기도 고양시 덕양구 청초로 66 덕은리버워크지산 B동 2007호~2009호
전화 (02) 323-7234
팩스 (02) 323-0253
홈페이지 www.mfbook.co.kr
출판등록번호 제 2-2767호.

값 17,800원
ISBN 979-11-986324-4-9 (03180)

㈜다빈치하우스와 함께 새로운 문화를 선도할 참신한 원고를 기다립니다.
이메일 dhhard@naver.com (원고 및 기획서 투고)

완전한 소통을 위한 관계심리학

우리 대화할까요

후선즈 지음 | 박지수 옮김

더페이지

관계의 변화를 가져오는
진정한 소통법

관계는 어디에나 존재한다. 세상을 살아가려면 나와 자신, 나와 타인, 나와 세상, 이 세 가지 관계를 잘 다루어야 한다. 우리는 언제 어디서나 늘 관계에 놓여 있고, 항상 사람들과 교류하며 지내기 때문이다.

관계에 관한 연구를 진행한 지난 수년간 '소통'과 '감성지수EQ' 라는 두 단어가 유행했다. 사람들은 자신이 소통에도 능하고 감성지수도 갖추기를 원하지만, 소통은 그리 쉽게 얻을 수 있는 기술이 아니다.

우리는 소통이 잘 이루어져야 좋은 관계를 유지할 수 있다는 말을 자주 한다. 그렇다면 소통이란 도대체 무엇일까? 표면적으로 소통은 사람과 사람 사이에 정보나 생각 또는 감정을 전달하는 교류 방식을 의미하며, 보통 언어를 통해 구현된다. 물론 언어에는 문어, 구어, 수화 등이 포함된다. 소통은 다양한 학문을 포괄하고 있으므로 이에 대한 공부가 필요하다.

인간은 태어날 때부터 표현의 욕구가 있으며 소통 능력을 타고난다. 아기는 울음을 통해 배고픔을 표현하고 돌봄과 사랑을 받는다. 처음에는 일방적인 소통으로 시작하지만, 아기가 성장함에 따라 인간관계 범위가 넓어지면서 일방향 소통에서 쌍방향 소통으로 점차 변한다.

일방향 소통은 대답 없는 메아리와 같아서 우리의 감정적 욕구를 채워주지 못한다. 인공지능^AI 제품이 우리 생활을 더욱 편리하게 만들어 주었지만 감정적인 소통은 불가능한 것처럼 말이다. 그러므로 소통에는 반드시 주고받는 과정이 필요하다. 그렇지 않으면 많은 문제가 발생할 수 있으며 혼자 북 치고 장구 치는 격이 될 수 있다.

상담하다 보면 이렇게 말하는 내담자를 종종 만난다. 밖에서는 전혀 문제가 없는데 집에만 가면 가족과의 소통에서 갈등이나 마찰이 쉽게 생기고 가족을 마주하는 것을 피하게 된다며, 이러한 상황을 어떻게 바꿔야 할지 모르겠다는 것이다.

이를 해결하기 위해서는 먼저 '내 역할이 무엇인지?', '나는 누구인지?'를 알아야 한다. 여기에는 우리가 무의식적으로 늘 빠져드는 가정에서의 역할과 사회에서의 역할이 포함된다. 가령 나이도 먹을 만큼 먹었고 스스로 알아서 할 수 있는데도 부모님은 여전히 나를 어린아이 취급한다. 그래서 어릴 적 소통 방식 그대로 내가 추운지 더운지, 배부른지 배고픈지에 관심을 보이면서 하나부터 열까지 모조리 챙겨주려 한다. 부모님의 눈에는 아직도 내가 자신을 돌볼 줄 모르는 어린아이로 보이는 듯하다. 따라서 부모와의 관계에서 나의 역할은 부모의 보살핌이 필요한 자식이다. 만약 양쪽 모두 이 역할을 받아들이고 서로 잘 맞는다면 조화로운 관계를 형성할 수 있다. 하지만 문제는 사람들이 이를 받아들이지 못하기 때문에 갈등과 충돌이 발생하는 것이다.

효과적이고 기분 좋은 소통은 평등과 존중을 바탕으로 이루어진다. 소통을 하는 두 사람은 공통의 목표를 가지고 상호작용하는 것이 무엇보다 중요하다는 사실을 깨달아야 한다. 따라서 소통에서 몇 가지 오류에 빠지지 않도록 주의해야 한다.

첫째, 일방적인 표현은 소통이 아니다

우리는 단순히 상대방에게 이야기하고 싶다는 생각에 자신의

시작하며

생각을 말하면서 상대방이 어떻게 반응할지는 전혀 신경 쓰지 않는 경우가 많다. 어떤 사람은 너무 말이 하고 싶어서 나무 구멍에 대고 말하거나 꽃을 보고 말하기도 한다. 이렇게 하면 나무 구멍과 꽃은 어떠한 반응을 보일까? 그저 묵묵히 듣고만 있을 것이다. 이것은 말하는 사람이 원하는 반응일 수는 있으나 소통은 아니다.

둘째, 연설은 소통이 아니다

종종 표현의 욕구가 생길 때가 있는데, 이러한 표현의 욕구는 '연설'에 해당한다. 연설은 다른 사람에게 이야기를 들려준 다음, 이야기에 대한 자기 생각을 덧붙이고 상대방이 이에 공감해 주기를 바라는 것이다. 예를 들어, 아이와 소통할 때 계속해서 이치만 따지고 유명인의 명언만 쏟아 내면서 "너 이렇게 안 하면 어쩌려고 그러니?"라고 말하는 엄마가 있다고 하자. 겉으로는 엄마가 아이와 소통하는 것처럼 보이지만, 실제로는 아이에게 한바탕 연설하면서 아이가 긍정적으로 반응하고 자신이 말한 대로 해 주기를 갈망한다. 만약 아이가 자기 말대로 하지 않으면 반항하는 것으로 생각한다. 정말 이해할 수 없는 일이다.

셋째, 훈계는 소통이 아니다

관계에서 우리가 훈육하고 요구하는 역할을 맡으면 상대방에게 과도한 기대를 하거나 상대방을 변화시키겠다는 바람이 생긴다. 하지만 상대방에게 불합리한 기대는 완수할 수 없는 임무를 의미한다. 예전에 한 여성은 "제가 생각하는 소통은 남편이 어떤 잘못을 했을 때 어떻게 하는 것이 가장 좋은지 남편에게 알려 주는 것이에요."라고 말한 적이 있다. 만약 남편의 능력에 한계가 있다면 이러한 소통은 훈계로 변한다.

위와 같은 오류를 인식하지 못한다면 소통은 일방적인 표현이나 연설 또는 훈계로 변한다. 이 변화를 알아차리지 못한다면 상대방은 더 이상 스스로 생각하고 존중받는 사람이 아니다. 왜냐하면 우리 자신에게만 집중하고 자신이 원하는 반응만을 확인하며 상대방의 솔직한 감정과 반응에는 관심을 보이지 않기 때문이다.

그렇다면 인간관계를 더욱 친밀하고 편안하게 만들 수 있는 소통이란 도대체 무엇일까? 이 책에서는 세 가지로 정리했다.

첫째, 소통은 양방향으로 이루어지므로 모든 관계에는 너와 내가 존재한다. 따라서 우리는 소통할 때 누가 말하고 있는지, 누구에게 말하는지를 유념해야 한다. 앞서 언급한 '연설'하는 엄마를 예로 들면, 아이에게 계속해서 이치를 따지는 것이 겉으로는 옳은 소리이고, 아이에 대한 책임을 지는 것처럼 보이지만, 실질적으로는 자신이 어렸을 때 부모의 긍정적인 반응을 갈망했던 것처럼 아이의 반응을 얻고 싶은 갈망이 더욱 크다. 그래서 이때 엄마는 어린 시절 부모의 반응을 얻지 못했던 아이와 아이에게 긍정적인 반응을 요구하는 엄마라는 두 가지 역할을 짊어지고 있다. 이는 하나의 내재적 관계 유형이다. 만약 자신의 역할을 부모의 긍정적인 반응을 갈망하는 아이로 정의한다면 아이나 부모에게 이야기할 때 조심스러워하는 모습을 보일 것이다. 이를 알아차릴 수 있어야 한다. 따라서 소통 과정에서 누가 말하고 있는지, 누구에게 말하는지를 명확히 해야 한다.

둘째, 누가 듣고 있는지, 무엇을 듣고 있는지를 알아야 한다. 우리는 소통할 때 종종 내가 하는 말이, 내가 표현하는 내용이 상대방의 흥미를 끌 수 있을지를 미리 가정할 때가 있다. 소통하기도 전에 먼저 상대방이 듣고 싶어 하지 않을 것이라고 가정해 버리는 사람도 있다. 이러한 마음가짐으로 소통한다면 결과는 불 보듯 뻔하다. 한번은 아이가 친구들과 무슨 말을 해야 할지 모르겠다며 친구를 사귀고 싶지 않다고 말했다. 사실 우리가 다른 사람과 어떻게 소통해야 할지 모르겠다는 말에는 '나의 소통 방식이 좋은 반응을 얻을 수 있을지, 다른 사람이 이를 어떻게 평가할지를 모르겠다'는 뜻이 담겨 있다. 만약 상대방이 "내가 조금 피곤해서 지금 대화하고 싶은 마음이 별로 없어."라고 말한다면 어떠한 기분이 드는가? 또 어떠한 뜻으로 들리는가? 상대방이 당신과 대화하고 싶지 않다는 뜻으로 들리는가, 아니면 상대방이 그저 쉬고 싶다는 뜻으로 들리는가?

셋째, 모든 소통에는 정서와 감정이 담겨 있다. 인류는 기쁨, 분노, 슬픔, 즐거움, 놀라움, 두려움이라는 공통의 정서를 가지고 있으며, 이러한 정서는 소통 과정에서 늘 존재한다. 정서에 반응하기 위해서는 지혜가 필요하다. 단순히 감정을 분출하고 싶어서 소통하는 것이라면 상대방에게 직접적으로 "감정을 분출하고 싶어."라고 말하도록 한다. 이렇게 하면 상대방은 어떠한 반박이나 해명도 하지 않고 묵묵히 들어 줄 것이다. 이것이 우리가 가장 원하는 반응이다. 어떠한 문제가 발생하거나 어려움에 부닥쳐 상대방의 지지나 긍정을 받고 싶을 때 우리에게 필요한 것은 바로 이러한 긍정적인 반응이다.

좋은 소통은 관계 지향적이다. 이 책을 보는 독자 모두 소통 과정에서 '나는 누구인가, 누구에게 이야기하고 있는가, 누가 듣고 있는가, 청자의 정서와 피드백, 내가 정말로 전달하고 싶은 것은 무엇인가?'를 파악할 수 있게 될 것이다. 그리하여 다양한 관계 속에서 살아가는 우리 모두가 진정한 소통의 고수가 될 수 있기를 바란다.

저자 후션즈

2부

행복한 관계를 만드는 소통
실전 편

04 나와 어떻게 잘 지낼 수 있을까

05 가족, 가장 가깝지만 상처도 주고받는

1부

세 가지 관계를 바로 세운다

◯◯ ──── 인식 편 ──── ◯◯

01 ⬡ 나와 자신

모든 것은
나와의 관계에서 시작된다

나는 어떤 관계 ─────
───── 유형일까

우리는 늘 타인과 교류하며 살아가는데 '소통'은 가장 직접적이면서 편리한 방식으로 태어날 때부터 타고나는 능력이다. 사람과 사람 사이에 소통을 하다 보면 걸림돌이 생기게 마련이다. 부모, 애인, 친구, 동료와 같이 친숙한 사람이든, 교집합이 적은 낯선 사람이든 선의를 표현했는데 오해를 받기도 하고, 거절을 했는데 무시당하기도 한다. 자기주장을 하고 싶은데 쉽게 말이 떨어지지 않을 때도 있고, 솔직한 의사 표현이 거만하게 비칠 때도 있다.

그래서 우리는 좀 더 원활한 소통 방법을 배우고, 타인의 행동과 표정을 관찰하며, 도구의 힘을 빌리고자 한다. 이를 통해 소통 능력이 향상되면 효과적으로 정보를 전달하고 받아들일 수 있게 되며, 타인과의 교류가 순조로워짐으로써 다양한 인간관계에 유연하게 대처할 수 있다.

모든 인간관계의 기본은
나와 자신과의 관계에서 비롯된다

모든 동작과 표정, 태도와 습관은 개인이 세상을 어떻게 이해하고 자신을 어떻게 인지하고 있는지를 보여 준다. 사실 소통에서 문제가 발생하는 이유는 소통 기술이 부족해서가 아니라, 세상과 자신에 대한 이해의 부족 때문이다.

나와 자신의 관계는 모든 인간관계의 기반이 된다. 당연하게도 이 세상에는 인생의 의미에 대한 절대적인 답을 알고 있는 사람도, 인생의 답이 완전히 틀린 사람도 없다. 모든 해석에는 '미묘한 부분'과 '어긋나는 부분'이 존재한다. 여기에서 필요한 것은 지금 자신이 이 세상을 어떻게 해석하고 있는지, 이를 바탕으로 어떻게 보완하고 조정할지를 이해하는 것이다.

소통심리학은 바로 심리학적 관점에서 보다 순조롭고 효과적으로 소통하여 좋은 관계를 맺도록 도와준다.

인간은 태어나서 양육자와의 상호작용 과정에서 '관계를 형성하는 유형'을 점차 발전시켜 나간다. 심리학에서는 이를 '내재적 관계 유형'이라 부른다. 사람은 누구나 자신의 내재적 관계 유형을 지니고 있다. 만약 당신이 상대방과 내재적 관계 유형이 일치한다면 함께하는 것이 자연스럽고 편하지만, 내재적 관계 유형이 일치하지 않는다면 함께 있는 것이 불편할 수 있다.

⋮

네 가지 내재적 관계 유형

대상관계 이론과 오랜 기간 심리상담 사례 연구를 근거로 내재적 관계 유형을 네 가지로 분류하고, 각각의 특성에 해당하는 동물인 달팽이, 타조, 캥거루, 산비둘기 유형으로 이름을 붙여봤다. 이 네 가지 동물 간에 생물학적 속성이 각기 다르듯이 내재적 관계 유형에 해당하는 네 가지 자아도 큰 차이를 보인다. 달팽이 유형은 '의존적', 타조 유형은 '폐쇄적', 캥거루 유형은 '공생적', 산비둘기 유형은 '대립적' 자아를 보여 준다.

1. 달팽이 유형

상대에게 달라붙는 '귀여운 스타일'이다. 달팽이는 딱딱한 껍데기를 지니고 있어 외부 환경이 변하면 그 속으로 재빨리 몸을 숨긴다. 즉, 자아 보호 의식이 매우 강하다. 마찬가지로 달팽이 유형에 해당하는 사람은 문제가 발생하면 남의 비위를 맞추거나 자신의 껍데기 속으로 몸을 숨겨 한 발짝 물러서는 성향을 보인다. 갈등이 생기면 이를 거부하고 회피하며, 자신의 요구를 당당히 표현하지 못하고 모든 것을 마음에 담아 둔다. 그러고는 "나만 당했어. 억울해도 말을 못 하겠어."라고 말한다. 또 인간관계에서도 남의 비위를 맞추고 회피하는 성향이 있으며, 환심을 사려는 행동을 자주 보인다. 이들은 거절할 때도 굉장히 완곡하게 표현한다. 가령 달팽이 유형인 사람에게 같이 영화를 보러 가자고 하면 그는 가기 싫어도 직접적으로 거절하지 못하고 "차가 너무 막혀요.", "비가 올 거 같아요." 등 갖가지 이유를 댈 것이다. 왜냐하면 달팽이 유형은 자신보다 타인이 더 가치 있는 사람이라고 생각하기 때문이다.

친밀한 관계에서 달팽이 유형의 사람은 상대에게 달라붙고 의존적이며, 온화하고 귀여운 느낌을 준다. 행동 면에서는 무리 지어 함께하는 것을 싫어하고 혼자 집에 있는 것을 더 좋아한다. 따라서 외로움을 강하게 느끼며, 외부로부터 오는 정보를 쉽게 받아들이지 못한다. 교실에서는 보통 뒷자리나 눈에 띄지 않는 구석에 앉고 절대로 첫 번째 줄에 앉지 않는다. 수업 시간에도 먼저 적극적으로 질문하는 법이 없다. 어떤 측면에서는 혼자 있는 시간이 많다 보니 사색을 즐기고 창의적인 사고를 하며 상상력이 풍부해 예술가나 문학가로 성장하는 경우가 많다.

2. 타조 유형

자신감 넘치는 '회장님 포스'를 풍긴다. 키가 큰 타조는 머리를 치켜들고 가슴을 쭉 펴고 걷는다. 마찬가지로 타조 유형의 사람은 인간관계에서 자아 감정이 양호하고 자만심과 자기애가 강하며, 내적으로나 외적으로 우월감을 드러낸다. 이들은 자신이 남들보다 더 가치 있는 사람이라고 생각한다. 이렇게 자신감이 넘치는 모습은 타조 유형의 사람을 더욱 매력적으로 만들고 강한 경쟁력을 갖추게 하여 사업이나 각종 스포츠 경기에서 승리로 이끈다.

또한 이들은 주목받고 인정받고 존경받는 것을 좋아한다. 친밀한 관계에서는 주도적 역할을 하며, 자신의 심리적 만족감과 우월감을 충족하고자 더 많은 책임을 지는 것도 마다하지 않는다. 그리고 타조 유형은 우월감에 상처를 받아 심리적 우위를 상실했다고 느끼면, 마치 타조가 위협을 느낄 때 모래더미 속에 머리를 파묻는 것처럼 "내 눈엔 아무도 안 보여. 남들도 내가 안 보일 거야."라며 눈 가리고 아웅 하듯 말한다. 이들은 강한 좌절감과 열등감을 직시하지 못하며, 이에 따른 수치심도 직시하지 못한다.

타조 유형은 최대한 자신의 심리적 우위를 지키려 하며, 어떠한 사람이나 일에 대해 믿음이 생기면 신속하게 행동하고 빠르게 결정한다. 이러한 특성 덕분에 전문 분야에서 쉽게 성공하기도 하지만, 또 한편으로는 파트너에게 이래라저래라 잔소리하거나,

상대의 단점을 꾸짖거나 비웃는 모습을 보이기도 한다.

3. 캥거루 유형

남을 돌보길 좋아하는 '집사' 같은 유형이다. 암컷 캥거루가 새끼 캥거루를 지키고 돌보기 편한 아기 주머니를 가지고 있는 것처럼 캥거루 유형의 사람은 인간관계에서 봉사와 돌봄을 선호하는 특징을 보인다. 캥거루 유형은 희생정신이 강하며, 이러한 희생 과정에서 스스로가 타인을 돌보는 '집사'라고 생각한다. 가령 협력관계에서도 큰일이든 작은 일이든 모두 다 직접 나서려고 한다. 그렇다고 해서 아무런 대가 없이 무조건 희생하지는 않는다. 자신의 행동을 누군가 봐주길 바라며, 아무도 봐주지 않으면 상실감을 느끼고 원망과 비난으로 이어지기도 한다.

캥거루 유형은 타인을 돌봄으로써 얻는 가치를 본인의 핵심 가치라고 느끼며, 타인의 요구가 자아 가치의 주요 공급원이라고 생각한다. 따라서 이러한 관계 유형 속에서 이들은 타인이 약한 모습을 보이길 바라며, 상대방이 강해지면 공허함을 느낀다. 심지어 상대방의 심리적 경계를 침범하기도 한다. 상대방이 뭔가를 시도하고 성장하는 모습을 보이면 "아니야. 이건 안 하는 게 좋겠어."라고 말하기도 한다. 쌍방이 함께 책임져야 하는 일에 대해서도 캥거루 유형은 과도하게 책임지려는 성향을 보이는데, 이때 상대방의 '책임'뿐만 아니라 상대방의 '정서'까지 감당하려는 모습을 보인다. 사실 타인의 정서를 감당할 수 있는 사람은 아무도 없다. 마치 자식을 과잉보호하는 부모처럼 캥거루 유형의 사람이 남들을 챙겨 주는 것처럼 보이지만, 실상은 이들이 상대방의 요구에 더 의존하고 있다.

4. 산비둘기 유형

이기적인 '이성주의자'이다. 자연계에서 산비둘기는 공격력과 방어력이 모두 강하며, 다른 새들처럼 무리 지어 다니는 경우가 흔치 않고 보통 단독으로 행동한다. 산비둘기 유형의 사람은 강한 공격성을 보이는데, 주로 상대방의 이익을 끊임없이 공격하고 침해하려 한다. 이들은 관계에서도 상대로부터 자신이 원하는 가치를 얻으려고만 한다. 얻지 못하면 곧 잃는다는 사고방식을 가지고 있으며, 모든 관계를 경쟁적으로 바라보고 본인이 반드시 승자가 되어야 한다고 생각한다.

따라서 산비둘기 유형의 사람은 직장 내에서 약육강식의 정글 법칙을 잘 따르며, 성공한 사업가나 탁월한 정치가로 성장할 가능성이 크다. 또한 이들의 강한 방어력은 마음속에 자신밖에 없음을 보여 준다. 타인의 감정은 헤아리지 않고 이성적이고 냉철하게 표현한다. 이들은 사람과 사람이 서로 가까워지는 것은 뭔가를 얻어내기 위한 것이라고 생각한다. 그래서 누군가 가까이 다가오면 자아 보호 의식이 강해진다. 사실만을 논하려 하고 사회생활에서 이익만 따지며 개인적 감정에 빠지는 것을 피하려 한다. 이로 인해 산비둘기 유형의 사람도 외로움을 자주 느낀다.

한 내담자는 다른 사람을 위해 자신을 희생하고 싶은 생각은 있지만, 막상 남들이 자신에게 희생을 요구하면 불편하게 느껴진다고 말한 적이 있다. 내담자의 가족은 그를 위해 많은 희생을 했지만, 그는 보답할 생각이 없어 보였다. 반면 사업 파트너와의 식사 자리에서는 앞서 자신이 계산한다. 이것이 바로 전형적인 산비둘기 유형의 관계 모델이다.

당신이 다른 누군가와 함께하는 것이 적합한지를 알아보려면 누가 좋고 누가 나쁜지를 따져볼 것이 아니라, 내재적 관계 유형이 어떠한지를 세 가지 관점에서 살펴봐야 한다.

첫째, 관계를 통해 자양분을 얻고 도움을 받으며, 상대방을 보면 기분이 좋아지고 상대방의 행동을 인정하면서 스스로 편안함을 느낀다. 둘째, 관계가 계속해서 유지되길 바란다. 이는 말다툼이 있었는지와 무관하며, 자주 막연함을 느끼는지, 생각할 가치가 있는지를 살펴봐야 한다. 셋째, 상대방에게 존중받고 있음을 느끼며, 상대방을 대하는 것이 조심스럽거나 실수할까 봐 두려워하지 않아야 한다.

내재적 관계 유형의 매칭은 하나로 고정되어 있지 않다. 실생활에서 달팽이 유형의 사람은 나머지 유형의 사람들과 잘 어울리지만, 자신과 동일한 달팽이 유형의 사람과는 잘 어울리지 못한다. 환심을 사길 좋아하고 회피적인 성향의 두 사람은 깊이 사귈 수 없기 때문이다.

타조 유형의 사람은 캥거루 유형, 산비둘기 유형과 모두 잘 어울리지 못한다. 캥거루 유형의 사람은 타조 유형의 사람이 자랑스럽게 생각하는 심리적 우위를 깎아내리려 하고, 산비둘기 유형의 사람은 타조 유형 사람의 심리적 우위를 완전히 무시해 버리기 때문이다.

캥거루 유형의 사람은 산비둘기 유형과 잘 지내지 못한다. 산비둘기 유형의 사람이 캥거루 유형의 희생을 알아채지 못하며, 이로 인해 캥거루 유형의 사람은 마음속 불만이 쌓여 멘탈 붕괴에 빠지게 된다. 산비둘기 유형의 사람은 가치관이 동일한 산비둘기 유형과 가장 잘 맞는다. 이들은 자신의 자원을 지키면서 상대방의 자원을 얻어낼 방법만 궁리하고, 이익을 통해 관계를 유지하기 때문이다.

소통과 교류 과정에서 우리는 솔직한 감정을 무시하고 마음을 감추며 자신의 가치를 부정하는 경우를 흔히 볼 수 있다. 서로 다른 내재적 관계 유형을 비교해 보고, 관계 속에서 자신의 상태를 직접 느낄 수 있다면 나와 잘 맞는 사람을 찾을 수 있을 것이다.

내 감정 이해하고 ──── ──── 표현하기

"지금 감정이 어떠세요?" 상담실에서 내담자들에게 자주 던지는 질문이다. 그러면 그들은 대부분 "분위기가 좋네요.", "좋은 분이신 것 같아요.", "괜찮네요."라고 대답한다. 하지만 이러한 대답은 감정을 표현한 것이 아니다. 이는 사실도 아니며 그저 관점 표현에 불과하다.

"여기 앉아 있으니까 햇볕이 제 몸을 비추네요." 이는 사실에 해당한다.

"선생님과 대화하니까 편해요/긴장돼요/무슨 말을 해야 할지 모르겠어요." 이것은 감정을 표현한 말이다.

'사실'과 '감정' 그리고 '관점'은 소통 과정에서 자주 등장하지만 혼동하기 쉬운 개념이다. '사실'은 객관적인 것으로 인간의 의지로는 바꿀 수 없으며, 뒷받침할 수 있는 구체적인 데이터나 통계,

실험을 갖추고 있어 검증이 가능하다. '관점'은 주관적인 것으로 어떠한 기준을 바탕으로 진행되는 평가이며, 그 기준은 일관적이지 않고 정확하지 않을 때도 있다. '감정'은 공통성을 갖추고 있으면서 동시에 주관적인 것으로 몸과 마음으로 느끼는 것이다. 일반적으로 감정은 타인의 행위에 대한 이해와 인지, 자아 기대에 대한 충족, 그리고 환경이 우리에게 미치는 영향에서 비롯된다.

왜 감정을 직면하지 못할까?

사람들과 이야기를 나누다 보면 가끔 소통이 되지 않는 경우가 있다. 마치 두 사람이 각각의 채널을 가지고 자기 말만 하고 상대방의 말은 듣지 않는 것처럼 말이다. 이는 소통 과정에서 사실과 관점, 그리고 감정의 개념을 혼동하고 있기 때문이다. 예를 들어 "오늘 내 차가 다른 사람 차를 긁어 버렸어."라며 있는 그대로의 사실을 말했는데, 상대방은 "네 운전 실력이 부족해서 그래."라며 하나의 관점으로 대답할 때가 있다. 이러한 관점이 자신의 평가 기준과 일치하지 않으면 토론이나 논쟁이 벌어지고, 결과적으로 소통이 비난과 말다툼으로 변질되어 버린다. 그는 사실 "이 일로 좀 무서웠어. 아직도 가슴이 두근거려."라고 말하고 싶었을 것이다. 하지만 말하는 사람과 듣는 사람 모두 그 속에 담긴 '감정'을 중요하게 생각하지 못한 것이다.

이야기를 나눌 때 상대방이 그 순간 느꼈을 감정을 이해하는 것은 굉장히 어려운 일이다. 우리는 성장하면서 자신이 느낀 감정을 무시당한 경험을 자주 겪었을 것이다. 어릴 적 어둠이 무서워 혼자 잠들지 못할 때 부모님이 어떠한 반응을 보였는지 기억하는가?

부모 1: "엄마, 아빠가 있으니까 괜찮아."라고 말한다.

부모 2: 어떤 말도 듣지 못한 것처럼 완전히 무시해버린다.

부모 3: "무섭긴 뭐가 무서워, 아무것도 없어. 그냥 혼자 자는 것뿐이잖아. 너도 빨리 커야지."라고 말하며 아이의 두려운 감정을 부정한다.

부모 4: 굉장히 이성적으로 두려움에 대해 아이에게 이야기한다.

부모 5: 아이에게 "무서워하지 마, 무서워하지 마, 무서워하지 마…."라는 말만 반복한다.

위의 다섯 가지 유형의 부모 중에는 다정한 사람도 있고 이성적인 사람도 있으며, 사실을 이야기하기도 하고(첫 번째, 네 번째), 관점을 표현하기도 한다(세 번째, 다섯 번째). 하지만 아이의 감정에 적극적으로 반응한 부모는 아무도 없다. 아이가 표현한 감정이 아무런 반응도 얻지 못한 것이다. 이렇게 되면 그 아이는 감정이 중요하지 않다고 생각하고, 감정을 표현해도 원하는 바를 얻을 수 없으므로 갈수록 자신의 감정을 억누르게 된다. 따라서 자라면서 점점 자신의 감정에 직면하는 것이 어려워진다. 또한 자신의 감정을 표현해 타인의 이해와 공감을 얻는 방법도 모르게 된다. 감정을 표현하는 건 부끄러운 일이 되어버렸다. 머릿속에는 감정을 표현하는 어휘가 줄어들고, 감정은 드러내선 안 되고 별로 중요하지 않은 것으로 인식한다. 타인의 눈에 비치는 나의 이미지, 즉 진중하고 배려하며 문제를 일으키지 않는 이미지를 지키는 데 많은 시간을 쏟는다. 그래서 다른 사람의 평가에 집착하고, 자신을 감추고 억누르며, 자신의 감정을 완곡하게 전달하는 방식을 배우는 데 많은 시간을 소모한다. 심지어 감정의 전환이 일어나기도 한다. 누군가가 자기감정을 토로하면 민폐를 끼치는 일인 듯 극도로 분노하기도 한다.

인간은 감정이 있기에 존재하며, 감정이 없다면 인간은 존재할 수 없다. 살아 있기에 가치와 성취감은 물론 희로애락, 두려움, 슬픔 등의 감정을 느낄 수 있다. 죽은 자는 아무런 감정도 느낄 수 없다. 만약 '자기감정'을 이해하지 못한다면, 인생이 공허하고 삶도 무의미하게 느껴질 것이다.

사실 감정을 빼앗긴 건 아니다. 그저 '감정을 표현하는 권리'를 빼앗겼을 뿐이다. 감정의 존재를 직시하지 못하고 받아들이지 못할 뿐이며, 다른 방법으로 이를 표출하고 있다. 내재적 관계 유형에서 달팽이 유형의 사람은 자신의 감정은 소홀히 대하는 반면, 타인의 감정은 잘 이해한다. 그래서 상대방도 자신의 감정을 신경 써 주길 바란다. 따라서 달팽이 유형의 사람은 자신의 감정을 직접적으로 표현하는 방법을 연습해야 한다.

캥거루 유형의 사람은 항상 남을 돌보는 것처럼 보이지만 사실상 이들은 자신의 감정을 더 신경 쓰고 있다. "다 너 잘되라고 그러는 거야.", "네가 이렇게 하면/이렇게 생각하면 나 너무 힘들어."라는 말로 상대방을 통제하려 든다. 캥거루 유형의 사람은 자신의 감정이 상대방의 감정을 대체하지 않도록 상대방의 감정을 이해하는 방법을 배우고, 자신의 감정이 무엇인지, 상대방의 감정이 무엇인지를 확실히 구분할 수 있어야 한다.

타조 유형의 사람은 어느 정도 자신의 감정을 직시할 줄 알지만, 우월감만 직시할 뿐 수치심을 직시하지 못한다. 타조 유형의 사람은 감정에 대한 견해를 바꿀 필요가 있다. 산비둘기 유형의 사람은 인간관계에서 타인의 감정을 완전히 무시해 버리는 가장 냉철한 유형이다. 산비둘기 유형은 먼저 누구나 감정이 있다는 사실을 받아들인 다음, 감정을 표현하는 방법과 타인의 감정을 관찰하는 방법을 연습해야 한다.

감정을 표현하는 방법

첫째, 감지하기

CT를 찍듯이 머리부터 천천히 위에서 아래로 신체의 모든 부위를 의식적으로 스캔하는 심리 연습을 해 보자. 스캔하다 보면 신체의 특정 부위가 아프거나 쑤시는 느낌이 들 때가 있다. 이것이 바로 신체의 가장 기본적인 감정 중 하나이다. 계속해서 감지하다 보면 이 순간 자신의 감정이 분노인지, 슬픔인지, 억울함인지, 두려움인지, 아니면 걱정인지를 알 수 있다.

둘째, 인정하기

감정에는 좋고 나쁨이 없다. 감정은 그저 감정일 뿐이다. 무엇이 감지됐든 나의 감정임을 인정한다. 예전에는 우리의 감정이 줄곧 평가 대상이었다. 가령 부정적인 감정은 바로 없애야 했고, 이러한 나쁜 감정의 존재 자체를 받아들이지 못했다. 혹은 긍정적인 감정은 지키고자 했다. 사실 이는 관점의 개념을 혼동한 것으로 관점의 옳고 그름에는 표준 답안이 없다. 따라서 어떠한 관점을 인정할 권리도 있고, 인정하지 않을 권리도 있다. 관점에 대한 평가는 '사실'에 해당하지 않는다. 사실에는 잘잘못이 존재하지 않으며, 진짜와 가짜만 있을 뿐이다. 관점은 진짜와 가짜가 없고, 합리적인지 아닌지를 따진다. 감정은 합리적인지 아닌지를 따지지 않고, 강약의 정도만 있을 뿐이다.

셋째, 수용하기

감정은 잘잘못을 구분하지 않고 그 순간의 상황을 수용하는 것이다. 한 젊은 친구가 "외롭다는 생각이 많이 들어서 연애하고 싶어요."라고 말한 적이 있다. 이 말을 할 때의 그의 표정에는 생기가 넘쳤다. 자신의 외로운 감정을 배척하거나 부정하지 않고 그대로 받아들이고 있음을 알 수 있었다.

심리치료사인 버지니아 사티어Virginia Satir는 "감정의 뒤편에도 감정이 있다. 감정의 감정이 바로 우리의 감정을 결정한다."라고 말했다. 그 뜻을 살펴보면, 우리가 공포를 느낄 때 공포 뒤편에 무엇이 있는지를 느껴봐야 한다는 말이다. 즉, 자신의 감정을 이해해야만 내재적 자아에 숨겨진 것이 무엇인지를 알 수 있으며, 감정을 재인식하고 이해함으로써 소통과 교류 그리고 생활 속에서 마주하는 문제들을 더욱 잘 해결할 수 있다.

앞서 어둠에 대한 공포를 언급했다. 이미 부모가 되었다면 이러한 아이의 공포를 마주하게 될 것이고, 어쩌면 우리 스스로 여전히 어둠이 두려워 잠들지 못하는 아이일 수도 있다. 나라면 "두려움은 누구나 느끼는 감정이야. 그게 좋은 건지, 나쁜 건지는 평가할 필요가 없어."라고 말해 줄 것이다. 이미 생겨난 감정에 대해 어떠한 평가도, 아무것도 할 필요가 없다. 그저 자신의 감정과 함께하며 이를 받아들이면 그만이다. 누구나 두려움을 느낀다. 제아무리 강심장인 사람도 두려움을 느낀다. 두려움을 느끼는 것이 창피하고 부정하고 싶다면 그건 우리가 잘못된 교육을 받았기 때문임을 깨달아야 한다.

자신의 감정을 표현하는 것은 진짜 자아와 함께하는 것이다. 자신의 감정을 받아들이면 스스로 이해할 수 있게 되고, 타인의 감정을 이해하는 능력도 갖출 수 있다. 예를 들어 선물을 받았을 때 자신의 감정을 담아 표현하는 것이 좋다. "고마워/나한테 정말 잘해 주네."라는 말 대신 "선물 받으니까 기분이 정말 좋다. 네가 있어서 정말 좋아."라고 말한다면 나뿐만 아니라 상대방도 더욱 좋은 기분을 느끼게 될 것이다.

우리가 가진
비합리적 핵심 신념 세 가지

　정서에는 좋고 나쁨의 구분이 없으며, 모든 정서는 인간의 심신 건강에 영향을 미친다. 소위 말하는 긍정적 정서와 부정적 정서는 해당 분야 연구자들이 연구의 편의를 위해 구분한 개념일 뿐이다. 그런데도 사람들은 긍정적 정서 표현만 좋아한다.

　이론적으로 긍정적 정서에는 즐거움, 유쾌함, 만족, 기쁨, 흥분 등이 있고, 부정적 정서에는 슬픔, 아픔, 질투, 공포, 혐오 등이 있다. 모든 정서는 우리의 솔직한 반응에서 나온 것으로 감정을 표현하거나 위험을 피하게 이끌어 준다. 예를 들어, 성공의 기쁨은 지속적인 노력을 촉진하고, 실패의 괴로움은 포기하지 않도록 북돋아 준다. 슬픔은 상실감을 느끼게 해 주고, 공포는 위험을 피해 자신을 더욱 잘 보호할 수 있도록 해 준다.

좋은 정서, 나쁜 정서는 없다

우리는 즐겁고 유쾌한 감정 표현에 익숙하다. 그래야만 자신의 행복을 증명할 수 있다고 생각하기 때문이다. 반면 우울함과 초조한 감정 표현은 피하려고 한다. 자신의 불행과 무능함을 보여준다고 생각하기 때문이다. 사실 이는 자아에 대한 올바른 인지 부족에 따른 잘못된 결론일 수 있다.

가령 달팽이 유형의 사람과 캥거루 유형의 사람이 억울한 정서를 느꼈을 때, 달팽이 유형의 사람은 자신의 감정을 억누른 채 상대방의 비위를 맞췄기 때문에 억울함을 느낀 것이며, 캥거루 유형의 사람은 자신의 희생을 인정받지 못했기 때문에 억울함을 느낀 것이다. 따라서 달팽이 유형의 사람은 억울한 감정이 느껴지면 자신의 감정을 감지하고 인정하며 수용할 수 있어야 한다. 캥거루 유형의 사람은 상대방에게 어느 정도 여지를 주면서 자신의 희생을 줄여나가야 한다. 마찬가지로 달팽이 유형의 사람이 억울함을 느끼는 것을 보면 이들이 감정을 표현할 수 있도록 북돋아주고 그 감정을 어루만져 준다. 캥거루 유형의 사람이 억울함을 느끼는 것을 보면 이들의 희생을 거절하지 말고 감사의 마음을 표현해야 한다.

미국 심리학자 앨버트 엘리스Albert Ellis는 'A, B, C 정서 이론'을 만들었다. 'A'는 선행 사건activating event, 즉 우리에게 발생하는 '사건'을 말한다. 'Bbelief'는 사건에 대한 인지와 평가 그리고 그에 따른 '생각과 관점'을 의미한다. 'C consequence'는 사건으로 유발된 '정서'와 행동의 '결과'를 의미한다. 엘리스는 한 사람의 부정적 정서와 행동 장애의 결과는 선행 사건에 의해 직접 유발된 것이 아니라 사건에 대해 개인이 가진 비합리적이고 부정확한 생각과 관점 때문에 유발된다는 점을 발견했다.

A: 돌발적인 불행한 사건 또는 역경.

㉠ 고속도로에서 갑자기 차에 기름이 떨어짐, 고백에 실패함, 기획안이 거절당함, 시합이나 시험에 떨어짐 등

B: 관련된(비합리적, 부정확한) 평가와 관점.

㉠ "난 재수가 없어.", "난 거절당하지 않아. 그는 반드시 날 받아들일 거야.", "이런 것도 못 하다니, 난 정말 쓸모없는 사람이야."

C: 유발된(부정적인) 결과.

동력과 희망의 상실을 느낌. 극단적인 행동을 보임. 극도의 긴장감을 느끼고 의기소침해져 일을 잘 해내려 하지 않고 포기하려 함. 단체활동 참여를 거부함. 술이나 게임 중독에 빠짐.

인간의 인지 속에는 세 가지 비합리적인 핵심 신념이 있다.

첫 번째는 "어떤 상황에서도 중요한 일을 반드시 완수해서 남들로부터 인정받아야 해. 그렇지 않으면 나는 사랑받을 자격이 없는 하찮은 인간이야." 두 번째는 "어떠한 상황에 놓이더라도 모든 사람이 나를 공평하게 대해야 해. 그렇지 않으면 그들은 비열하고 파렴치한 인간이야." 세 번째는 "내가 처한 모든 환경은 내가 원하는 방향대로 흘러가야 하고, 내 욕구를 즉시 만족시켜 줘야 해. 그리고 이러한 상황을 변화시키거나 개선하겠다고 나에게 지나친 노력을 요구하지 않아야 해. 그렇지 않으면 매우 두렵고, 난 이러한 일들을 받아들일 수 없어. 절대 즐거워질 수 없어."

마음속에 있는 이러한 생각들을 찾아낸다면 갈피를 잡을 수 없던 정서를 이해하고 핵심 신념을 바꿀 수 있다(구체적인 변화 방법은 제4장 참고). 이렇게 해야만 자기감정의 주인이 될 수 있다.

정서에는 옳고 그름이나 좋고 나쁨이 없고, 강도의 차이만 있다. 강렬한 정서에는 강렬한 신체 반응이 따라온다. 긴장되고 초조할 때는 심장이 빠르게 뛰고 때론 숨이 가빠진다. 흥분될 때는 표정을 숨길 수 없고 언성이 높아진다.

심리학 연구에서 정서의 강도를 적절히 유지하면 단순한 업무 처리에 도움이 된다는 사실을 발견했다. 단순한 업무에서는 정서적 각성 수준이 높을수록 업무 성과가 좋아지지만, 복잡한 업무에서는 정서적 각성 수준이 높을수록 업무 성과가 낮아졌다.

내 안의 분노에 ──────
────── 대처하는 법

이번에는 우리를 속수무책으로 만드는 정서인 '분노'에 대해 알아보고, 생활 속에서 분노를 어떻게 이해하고 대처해야 하는지 살펴보자.

'부모님이 마음대로 방에 들어와 물건을 마구 뒤진다. 일을 마친 후 동료가 내 의사도 묻지 않고 개인정보를 다른 사람에게 발설한다. 마트 계산대 앞에 줄을 섰는데 갑자기 누군가 새치기를 한다.' 이러한 상황을 마주하면 어떤 기분이 드는가? 어떻게 행동하는가? 그런 다음 자신을 어떻게 평가하는가?

아시아 문화권에서는 '화합'을 강조하고 '겸손과 예의'를 중시하기 때문에 '분노' 역시 가장 억눌러야 하는 정서 중 하나라고 생각한다. 이로 인해 사람들은 분노라는 정서를 어떻게 대하고 처리해야 하는지, 그리고 분노의 감정을 어떻게 표현해야 하는지를 제대로 알지 못한다.

'분노'란 개인의 경계와 권리를 침범당했을 때 느끼는 감정이다. 미국 심리학자 자크 릴러Jaques Rillaer는 "분노란 마음속 불편함에 대한 반응으로 불공평함과 수용할 수 없는 좌절을 느낄 때 나타난다."라고 말했다. 분노를 느끼면 심장 박동이 빨라지고 머리에서 열이 나며 얼굴이 화끈거리는 등 통제할 수 없는 강한 신체적 반응이 수반되기도 한다. 다음의 몇 가지 각도에서 분노라는 정서를 더욱 깊이 이해해 보자.

1. 분노는 경계를 지키는 일이다

분노는 나의 감정일 뿐 나에 대한 타인의 평가와는 필연적인 관계가 없다. 자신의 분노를 인정하는 것은 반역이 아니며 격렬한 행동을 보여야 하는 것도 아니다. 사실 분노 표현이 능숙한 사람일수록 타인의 존중을 더 쉽게 받을 수 있다.

2. 이성적으로 분노를 표현한다

분노에 휩싸이면 종종 감정적·충동적으로 행동할 수 있다. 분노가 극에 달하면 물불 가리지 않고 상대방과 격렬한 싸움을 벌인다. 그 결과 양쪽 모두에게 상처를 남기고, 심지어 더 큰 증오와 분노를 낳기도 한다. 이때 이성을 유지하고 감정적 행동을 줄이는 것이 무엇보다 중요하다.

분노를 표현하는 것은 상대방을 굴복시키려는 것이 아니라 상대방의 침범을 막기 위해 본인의 입장을 분명히 밝히는 행위이다. 만약 상대방이 잘못을 인정하고 사과하도록 만들고 싶다면, 이때 느끼는 감정은 분노가 아니라 '억울함'이다. 이는 서로 다른 정서적 감정이다.

3. 분노 표현을 되도록 삼간다

한 동료는 시간관념이 매우 철저해서 인간관계에서도 시간을 잘 지켰다. 하지만 그의 친구는 약속 시각에 자주 늦었다. 동료는 한두 번은 그냥 넘겼지만 친구가 번번이 늦자 더 이상 참을 수가 없었다. 다음번 약속에서 친구가 또 늦게 오자 그는 "네가 번번이 늦게 오니 날 무시하는 것 같아서 화가 나네. 약속 시각을 잘 지켜서 날 좀 존중해 주면 좋겠어."라고 말했다. 이후 친구는 더는 약속 시각에 늦지 않았고 두 사람의 관계는 더욱 돈독해질 수 있었다. 동료는 직접적이고 명확하게 자기 생각을 친구에게 표현했다.

우리는 부정적 정서가 생기는 것을 창피해하고 이러한 정서를 겉으로 드러내지 않아야 한다고 생각해 애매하게 표현할 때가 많다. 그러니 상대방은 그 뜻을 정확히 알지 못하고, 나 또한 기대하는 반응을 얻을 수 없다. 결국 소통의 효과를 전혀 보지 못한다. 명확히 표현하지 않으면 이 세상에 자신의 마음을 완전히 헤아려 줄 수 있는 사람은 아무도 없다.

4. 상대를 위협하지 않는다

분노가 치밀어도 상대방을 위협하지 않아야 한다. 분노에 휩싸이면 "계속 이러면 너 가만두지 않을 거야.", "너 조심해. 내가 그렇게 만만해 보여?"라고 매섭게 소리치는 사람들이 있다. 상대방의 행동을 멈추게 하려는 목적이지만 이를 달성할 수도 없고, 자신의 뜻도 정확히 전달할 수 없다. 효과적인 소통 방식이란 상대방의 행동을 구체적으로 묘사하고 자신의 감정을 명확하고 정확하게 전달하며, 상대방에게 원하는 것이 무엇인지를 말하는 것이다. 이렇게 해야만 내가 전달하고자 하는 정보를 상대방이 정확하게 받아들일 수 있다. 타인과의 관계를 재건하는 데 있어 분노를 정확히 표현하는 것만큼 중요한 것은 없다.

분노는 관계를 맺고 유지하는 과정에서 느끼는 불가피한 감정이다. 상대방이 의도적으로 침범한 것이 아니라면 이성적으로 명확히 표현하는 것이 안정적인 관계를 유지하는 데 도움이 된다. 만약 상대방이 일부러 트집을 잡으면서 갈등을 부추긴다면 스스로 "이미 벌어진 일이니까 두려워하지 말자."라고 말해 보자. 상대방이 먼저 상처를 준 것인데, 반응을 보이지 않을 이유가 없지 않은가. 우리 자신을 솔직하고 완전하게 보여 줘야만 타인도 우리와 관계 맺기를 원할 것이다.

나를 ——————
—————— 사랑하는 방법

'나를 사랑하는가?' 우리는 많은 사람과 일을 사랑한다. 부모, 국가, 자연 그리고 마음속의 이상까지도 사랑한다. 이렇게 열렬히 사랑하고 마음껏 칭송하지만 나를 사랑한다는 말은 쉽게 꺼내지 못한다. 이는 감정과 정서에 소홀하거나 억제하는 것과는 다르다. 우리는 나 자신을 사랑하는 것을 완전히 소홀히 하고 있다.

마음이 건강한 사람은 타인을 배려하는 성품뿐만 아니라 자신을 사랑하는 능력도 갖추고 있다. 나를 사랑할 줄 모르는 사람은 타인을 사랑하는 방법도 모른다. 만약 자신을 사랑하는 것이 타인을 희생시키거나 그의 이익에 손해를 끼침으로써 나를 만족시키는 것으로 생각한다면 극단적인 이기심으로 보일 수 있다. 이기심은 자신의 만족을 위해 타인에게 상처를 주고 타인에게 의존하며 타인을 저버리는 것이다.

진정으로 나를 사랑하는 것은 이기심과는 완전히 다르다. 심리학에서는 자신을 사랑하는 것을 '자기 가치감'이라고 부른다. 즉, 자신의 외모, 물질적 자산, 학력, 결혼 여부, 성과, 가족 관계 등 외부 요인과 상관없이 나 자신을 가치 있게 여기는 것을 의미한다.

나를 사랑하는 사람은 자신이 이 세상에서 유일무이한 존재이고 다른 사람에게 없는 특징을 갖고 있으며, 스스로 판단할 수 있는 능력도 있다고 생각한다. 또한 자신이 타인의 생각에 따라 존재하는 것이 아니며, 타인과 자신을 비교할 필요도 없고 타인과 다르다고 해서 자신을 비판하거나 탓할 필요도 없다고 생각한다.

.
.
.

나를 어떻게 사랑해야 하는가

대개 자신을 사랑하는 것을 어려워한다. 다음의 몇 가지 방법을 시도해 본 후 나를 사랑할 수 있는지를 다시 한번 생각해 보자.

첫 번째 방법은 나를 수용하고 자신의 만족을 위해 온 힘을 다하는 것이다. '난 맛집 찾아다니는 것을 좋아해, 난 새 옷 사는 것을 좋아해, 난 게임 하는 것을 좋아해, 난 드라마 보는 것을 좋아해….' 살면서 누구나 하고는 싶지만 '유치하다, 건강에 해롭다,

낭비다, 시간이 없다, 돈이 없다' 등등 갖가지 이유를 대며 마음껏 즐기지 못하는 일이 하나씩 있을 것이다. 사실 이것은 표면적인 이유에 불과하다.

근본적인 원인은 자신과의 관계가 매끄럽지 못해 잠재의식 속에서 자신의 욕구 충족을 공감하지 못하기 때문이다. 행동에 옮기려고 하면 자동적으로 여러 거절의 사유가 생겨나고, 이미 행동에 옮겼더라도 이로 인해 죄책감을 느끼고 후회를 하는 것이다.

그럴 때는 모든 핑계와 걱정을 잠시 내려놓고 온전히 자신을 만족시키는 일에 집중하며 만족을 느낀 이후의 감정을 경험해 볼 필요가 있다. 그런데 '이렇게 했다가 문제가 생기면 어쩌지?'라는 생각이 든다면 스스로 즐겁다고 느끼는 일을 할 자격이 있다. 일할 때는 성실히 일하고 쉴 때는 완전히 내려놓음으로써, 자신의 시간을 합리적으로 배분할 수 있다고 스스로 믿어 보자. 또한 나는 나일 뿐 다른 사람의 생각에 따라 존재하는 것은 아니라고 생각한다.

자신의 요구를 직시하고 자신의 욕망을 수용하며 기쁜 마음으로 나를 받아들여 보자. 자신이 예측한 상황이 현실과 다르더라도 자신을 탓하지 않는다. 인터넷에서 쇼핑한 물건이 생각한 것과 다르다는 것을 발견했을 때, 판매자에게 불만을 토로하며 말싸움을 벌이는 사람이 있는가 하면 '왜 더 생각해 보지 않았는지, 왜 이런 선택을 했는지'라며 자신을 탓하는 사람도 있다. 이럴 때는 이성적인 분석과 함께 평정심을 가지고 자신을 수용할 필요가 있다. 자신의 욕망이 법률에 위배되지 않고 자신이나 타인에게 해를 끼치지 않는다면 "난 이걸 소유할 가치가 있어."라고 자신에게 말하며 한번 누려 본다.

두 번째 방법은 현실과 이상의 차이를 직시하는 것이다. 살면서 우리는 당연하다고 생각하는 일이 있다. "세일할 때 안 사면 손해야.", "모든 사람이 다 날 좋아해야 해." 사실 우리의 생각대로 이루어지는 일은 그다지 많지 않다. 인간의 의식으로 통제 가능한 사건은 없으며, 사건의 결과를 자아를 평가하는 잣대로 삼아서는 안 된다. 유일하게 우리가 할 수 있는 것은 자신의 능력과 가치를 믿고 타인과 환경을 생각하며, 자신의 희생을 존중하고 객관적인 사건의 발전 법칙을 존중하는 것이다.

세 번째 방법은 자신감과 여유를 기르는 것이다. 사람들은 타인의 장점은 잘 보지만, 정작 자신의 장점은 잘 보지 못한다. 때로는 주변의 자원을 제대로 활용하지 못하고 삶을 제대로 누리지 못하면서 뒤틀린 마음에 자신의 것이라면 무엇이든 다 안 좋다고 생각하는데, 이것은 여유가 없다는 뜻이다. 자신을 사랑하는 사람은 자신감뿐만 아니라 여유도 갖고 있다. 자신감이 부족하면 뭘 해도 안 되고 늘 남들보다 못한다고 생각한다. 심지어 다른 사람과 같은 물건을 사더라도 자신이 고른 것이 그중에서 가장 안 좋은 것이라고 여긴다. 그래서 자신의 선택이 잘못된 것은 아닌지 고민하고 늘 더 좋은 것이 있으리라는 생각에 빠진다.

자신감이 없는 사람은 타인을 쉽게 믿지 않는다. 왜냐하면 자신의 결점이 드러나는 것이 두려워 스스로 대단한 척하며 자신감 없는 모습을 숨기려 하기 때문이다. 자신감이 없는 사람은 자신의 초조한 모습이 드러나는 것을 두려워하며, 상처받고 사기당하는 것도 두려워한다.

스스로 예쁘지 않다고 생각하는 사람은 누군가로부터 예쁘다는 칭찬을 받으면 무의식적으로 상대방이 자신을 비웃는다고 여긴다. 어떨 때는 자신에게서 자신을 부정하는 증거를 찾으려 하는데, 사실 이는 자신감이 부족하기 때문이다. 또 어떨 때는 갖고 싶은 것이나 하고 싶은 일이 있지만, 항상 스트레스를 느낀다. 이 역시 마음속 깊은 곳에서 자신은 더 좋은 것을 가질 자격이 없다고 생각하기 때문이다. 이것은 일종의 무의식적인 부정으로 자신을 사랑하지 않는다는 표현이기도 하다. 이럴 때는 의식적으로 '자신에게 좀 잘하자'라고 되뇌어 보자. 최소한 어떤 것을 소유할 가치가 있다는 가치감을 느낄 수 있다. 자신의 능력으로 얻은 것이라면 충분히 누릴 만한 자격이 있다.

나는 나일 뿐, 타인의 평가나 타인의 기대에 따라 살아갈 필요가 없다. 나는 원래부터 사랑받을 가치가 있고, 자신을 사랑하고 있다. 이것은 뭔가 새로운 기술을 익히는 것이 아니라 본래 나의 모습을 찾아가는 것이다. 나의 존재만으로도 이 세상이 달라질 수 있다.

나를 사랑하는 것이 여전히 어렵게 느껴지더라도 낙담할 필요가 없다. 심리적 성장과 변화에는 계기가 필요하므로 자신에게 시간을 줘야 한다. 자아를 칭칭 감고 있는 오랫동안 억눌린 감정과 자아에 대한 곡해를 풀어내려면 인내가 필요하다.

언제나 나를 가로막는 것은 바로 나다

내일 중요한 시험이 있는데도 계속 게임만 하면서 걱정만 한다. 어렵게 면접 기회를 잡았는데 드라마에 빠져서 마음만 초조해진다. 소개팅 상대가 이상형인데도 꾸미지도 않고 약속 시간에도 늦는다. 아직 한마디도 하지 않았는데 마음속으로 '난 좋은 강연자가 아니야. 유창하게 말도 못하고, 내 생각도 제대로 표현하지 못하잖아.'라고 생각한다.

인간의 심리에는 이상한 반응이 하나 있다. 바로 자신의 성공

앞에서 일부러 장애물을 설치하고 방해하는 행동을 하는 것이다. 실패하더라도 "준비할 시간이 부족했어. 준비할 시간이 충분했다면 문제없었을 거야."라고 하면 실패에 따른 '내가 나빠, 난 안돼, 난 가치가 없어.'와 같은 자아 평가를 피할 수 있기 때문이다.

자아에 한계를 설정하는 것을 '자기 불구화'라고 부른다. 이 말이 모순적으로 들릴 것이다. 우리 모두 성공을 바라는데 어째서 자신에게 한계를 설정한다는 것인가? 사실 자기 불구화는 자아 방어기제의 하나로 성공하지 못했을 때의 실패를 자기 불구화로 돌리고 자기를 보호하기 위한 구실을 마련하는 것이다. 어쩌다 성공하면 자신감에 우쭐거리고 자신의 능력에 자부심을 느낀다. 하지만 대부분 예외 없이 실패로 이어진다.

성장 과정에서 우리는 다양한 실패를 경험한다. 여러 번 넘어지고 나서야 벌벌 떨며 첫발을 내디뎠고, 구구단을 완벽히 외웠는데도 선생님 앞에만 가면 머릿속이 하얘진 적도 있다. 또 일자리를 찾는 데 번번이 벽에 부딪히기도 했다. 이는 끊임없이 반복되는 실패로 인해 행동하기 전에 자신의 행위를 부정하는 패턴이 만들어진 것이다. 자기 불구화가 일상이 되어버린다. 예를 들어 자아 인식, 감정 수용, 정서 자리매김, 나를 사랑하기 등의 내용을 읽었을 때, 이에 공감하면서도 '너무 이상적이야.', '너무 어렵잖아.', '맞는 말이지만 현실적이지가 않아.'라는 생각이 들 수도 있다. 이것이 바로 자기 불구화이다.

1967년 미국 심리학자 마틴 셀리그만^{Martin Seligman}은 동물 연구를 통해 다음과 같은 사실을 발견했다. 개를 우리에 가두고 경적이 울릴 때마다 견디기 힘든 전기충격을 가했더니, 여러 번 실험 후 경적이 울리기만 하면 우리 문이 열려 있어도 개는 달아나지 않고 바닥에 웅크린 채 신음하며 벌벌 떨었다. 자발적으로 도망갈 수 있음에도 고통이 다가오는 것을 절망적으로 기다리는 것을 '학습된 무기력'이라고 한다. 학습된 무기력은 일종의 행동 패턴 또는 습관으로 자신을 부정하고(예: 난 그걸 할 수 없어) 유사한 일이 발생하면 저항, 회피 또는 지연 등의 행동을 취하며, 실패하면 자책하고 다시 자신의 실패를 강화함으로써 좌절감을 느낀다. 이러한 패턴이 지속되면 개인의 자기 가치감이 갈수록 낮아지고 자기 불구화도 나날이 심각해질 수 있다.

⋮

학습된 무기력에서 벗어나는 법

자신을 감싸고 있는 족쇄를 찾았다면 다음의 세 가지 방법으로 벗어나 보자.

첫째, 긍정적인 자기암시를 한다. 암시란 자신에게 심리적인 설정을 하는 것을 의미한다. 인간의 인지는 신기하게도 태도와 행동 그리고 결과 사이의 균형과 조화를 유지하기 위해 노력한다. 태도는 행동을 결정하고 행동은 결과를 낳는다. 이러한 심리 효과를 이해한다면 자신을 일깨움으로써 '할 수 있다'는 신념을 강화하고 긍정적인 자기암시를 통해 한계를 뛰어넘을 수 있다."난 안 돼, 할 수 없어."라는 부정적인 암시를 버리고 "난 가능해, 할 수 있어."라는 긍정적인 암시로 바꿔 보자. 암시를 강화하려면 거울을 보고 반복적으로 연습하는 것도 좋고, 다이어리나 휴대전화 메모장에 이 말을 적어 두고 수시로 자신을 일깨우는 것도 좋다.

둘째, 목표는 타인의 평가가 아닌 결과를 향하도록 한다. 우리는 행동을 할 때 긴장, 걱정, 두려움 등의 감정을 자주 느낀다. 이는 실수할까 봐, 실패할까 봐, 그로 인해 부정적인 평가나 피드백을 받을까 봐 두렵기 때문이다. 하지만 타인의 평가가 반드시 완벽하고 정확한 것은 아니다. 사회생활에서 어떠한 역할을 맡든 개인은 결코 완벽한 인격체가 아니다. 인지적 결함이 있다. 또한 개인의 평가와 비판은 특정 상황에 국한되는 것이며 주관성이 강하기 때문에 우리는 이를 인정할 수도 있고, 인정하지 않을 수도 있다.

행위의 주최자는 우리 자신이며 행위의 목표는 결과를 지향한다. 이 과정에서 우리의 행위는 타인의 평가를 받기 마련이다. 하지만 우리는 행위의 결과만 통제할 수 있을 뿐 타인의 평가를 통제할 수는 없다. 행동에 옮기기도 전에 타인의 평가에 노심초사한다면 첫발을 내디딜 용기조차 사라져 버린다. 그러므로 자기 불구화에서 벗어나는 두 번째 방법은 타인의 평가가 자신에게 미치는 영향을 최소화하는 것이다.

셋째, 돌파구를 경험한다. 자신이 성공했던 경험을 기억하는가? 거듭된 충격과 실패 끝에 성공이 나를 향해 손을 흔들어 준 경험이 있을 것이다. 성공이 가져다준 돌파구는 '난 안 돼'라는 생각에서 벗어날 수 있도록 도와준다. 할 수 없다는 생각은 실패가 쌓이면서 나타난다. 마찬가지로 할 수 있다는 생각도 성공의 경험을 통해 나타날 수 있다. 하나뿐인 유일무이한 존재로서 끊임없이 연습과 돌파를 시도한다면 언젠가 빛날 기회를 잡을 수 있다.

돌파구를 경험하면 자신에게 긍정적인 자기암시가 하나 더 늘어난다. 성공으로 얻은 기쁨의 돌파구는 자아를 재정립시키고 깊은 영향을 남긴다. 지금부터 정서와 감정을 잠시 뒤로하고 자신을 마음껏 표현하면서 조금씩 한계를 돌파해 보자.

02 ◯◯ 나와 타인

다른 사람과
잘 지내기 위해 필요한 것

유쾌한 대화에는 ─────
───── 간단한 규칙이 있다

'대화'는 관계를 맺는 가장 직접적인 방법이자 관계를 보여 주는 가장 직관적인 방법이다. 익숙한 사람이든 처음 보는 사람이든 유쾌한 대화가 이뤄지면 소통 능력은 빛을 발한다.

A는 내성적인 성격의 사회 초년생이다. 그는 동료들과 빨리 친해지고 싶지만 어떻게 해야 할지를 모른다. 동료들의 대화에 끼고 싶지만, 본인의 이야기가 재미없거나 남의 기분을 해치지 않을까 하는 두려움이 앞선다. 그래서 입도 벙긋하지 못하고 동료의 말에 제때 반응도 하지 못해 항상 어색하게 대화가 마무리된다.

B는 업무 경력이 풍부하고 우수한 조건을 갖추고 있다. 그는 성격도 활발하고 언변도 뛰어나다. 자신의 관심 분야나 익숙한

화제에 대해서는 끊임없이 말을 이어 간다. 그런데 자신의 말이 끊기는 것을 싫어하고 다른 사람의 말에는 전혀 관심이 없다. 그는 세 번의 연애 경험이 있었지만 모두 실패로 끝났다. 게다가 세 번 모두 같은 이유로 차였다. 그가 일방적으로 말을 쏟아내어 상대방은 함께 대화한다는 기분이 들지 않았기 때문이다.

상담실에 있다 보면 위 두 유형의 사람들이 소통의 어려움을 호소하는 경우를 종종 볼 수 있다. 이 또한 우리가 타인과 대화할 때 가장 쉽게 빠지는 오류이기도 하다.

:

일상 대화에 일어나는 세 가지 오류

오류 1. '너'는 없고 '나'만 있다

대화는 상호작용의 과정이다. 대화 쌍방의 표현과 정서 상태 모두 관심의 대상이 되어야 한다. 위의 사례를 살펴보면, B 유형의 사람은 대화할 때 자기 생각만 표현하고 상대방의 정서 상태를 돌보지 않았다. A 유형의 사람은 상대방의 기분을 지나치게 신경 쓴 나머지 자신의 기분을 제때 표현하지 못했다. 그런데 다른 사람의 생각에 뒤엉켜 상대방을 신경 쓰는 것처럼 보이지만 사실 이 모든 것은 객관적인 사실이 아니라 혼자만의 상상에 불과하다. 상대방이 어떠한 반응을 보이든 '자신'만의 생각에 빠져 있고, 대부분이 부정적인 추측이다. 상호작용이 부족한 대화는 지속될 수 없다.

오류 2. 자기 말만 하고 남의 말은 듣지 않는다

B 유형의 사람이 바로 전형적으로 '자기 말만 하고 남의 말은 잘 듣지 않는' 사람이다. 상대방이 화제에 흥미를 보이든 말든 자신만의 '연설'에 몰두한다. 두 사람의 대화가 한 사람의 연설로 변하면서 자연스레 대화가 끊어진다. 대화에서 원활한 소통이 이루어지려면 자신의 관점을 말하는 것보다 '경청'하는 자세가 중요하다. 상대방의 감정, 상대방이 전하려는 정보, 상대방이 원하는 바를 경청하고 이에 반응해야 한다. 소통 과정에서는 상호 이해의 차이가 있어서 정보를 100퍼센트 전달할 수는 없다. 따라서 상대방의 말투, 동작, 목소리 톤, 표정 등을 헤아려야만 적시에 반응할 수 있고 정보를 효과적으로 전달할 수 있다.

오류 3. 옳고 그름과 좋고 나쁨을 멋대로 평가한다

우리는 앞서 사실과 관점 그리고 감정을 구분해 보았는데, 대화 내용도 여기에서 크게 벗어나지 않는다. 그중 사실을 통해 진짜와 가짜를 판단할 수 있으며, 관점과 감정에는 옳고 그름과 좋고 나쁨의 구분이 없다. 관점이 다른 것은 기준과 처지가 달라서 이며, 감정이 다른 것은 개인마다 독특한 특성이 있기 때문이다. 다양성을 포용하는 사회에서 사람들은 누구나 표현할 권리가 있다. 대화는 서로를 이해하고 관계를 맺기 위한 것이다. 좋고 나쁨을 멋대로 평가하는 것은 상대방에게 실례를 범하는 일이며, 옳고 그름을 지나치게 따지면 두 사람의 관계를 해칠 수 있다.

:

유쾌한 대화를 하기 위한 4단계

대화는 협력이 필요한 과정이다. 대화를 두 사람이 함께 춤추는 공연에 비유해 보자. 공연하려면 먼저 사전 준비가 필요하고 공연 중간에는 적극적으로 상호작용하고 친근함을 표현해야 한다. 마지막에는 예의를 갖춰 공연을 마무리 지어야 한다. 이렇게 하면 멋진 춤 공연을 완성할 수 있다. 우리의 대화도 이처럼 유쾌하게 진행할 수 있다.

1단계: 사전 준비

다른 사람과 이야기를 나누고 싶다면 먼저 상대방에게 대화하고 싶다는 신호를 보내야 한다. 보통 대화를 '시작'할 때는 깊이 있는 주제를 선택하는 것을 권하지 않는다. "시간 괜찮아요?",

"옷이 예쁘네요!" 등 가벼운 화제로 시작한다. 함께 춤을 추자고 손을 내미는 것처럼 본론에 들어가기 전에 사전 준비로 상대방에 관한 관심을 표하고 대화하고 싶다는 뜻을 밝힌다.

2단계: 상호작용

상대방이 손을 잡았다면 이제는 서로 스텝을 맞추기 위해 노력해야 한다. 상호작용 과정에서는 '감정이입과 몰입감'이라는 두 개의 키워드에 주목해야 한다. '감정이입'이란 하나의 사건을 서술할 때 스토리텔링 방식을 사용하는 것을 의미한다. 예를 들어 누가, 언제, 어디서, 누구를 만났고, 무슨 일이 일어났는지…, 스토리텔링을 잘하면 상대방을 매료시켜 감정을 이입하도록 만들 수 있다.

'몰입'이란 상대방이 묘사하는 상황과 정서에 빠져들었음을 느끼도록 하는 것을 의미한다. 상대방이 이야기할 때 눈빛으로 주시하고 개방적인 몸짓(긴장을 풀고 화자를 향해 경청하는 자세를 유지함)을 취하면서 적절한 피드백과 반응을 보이고, '당신의 이야기를 진지하게 듣고 있다'라는 신호를 수시로 전달한다. 상대방이 이야기할 때 언어로 피드백을 보낼 수도 있다. 예를 들어, 요점이나 짧은 말을 반복함으로써 경청하고 있음을 보여 주고 "그래서 어떻게 됐어?", "그래?", "응"과 같은 말을 사용하여 상대방이 이야기를 이어 가도록 격려한다. 이러한 피드백은 상대방에게 어떠한 반응을 보이는 것이 아니라 이야기를 잘 듣고 있음을 나타내는 것일 뿐이다. 또 하나의 팁을 주자면 대화하는 과정에서 문화와 성별 차이에 특히 주의한다. 계속해서 눈빛을 보내면 희롱하는 것으로 오해받을 수 있으므로 두 사람의 친숙도에 따라 시선을 어디에 둘지를 결정하자.

상호작용하는 과정에서 우리는 감정이입과 몰입감을 통해 가장 중요한 감정인 존재감을 느낄 수 있다. 즉, 중요한 사람에게 관심과 주목을 받는 기분을 느낀다. 대화에 참여하는 두 사람 모두 자신이 주목받고 있음을 느낀다면 순조롭게 대화를 이어 나갈 수 있다.

3단계: 친근감의 표현

대화하다 보면 서로 표현이 늘어나고 더욱 가깝게 느끼는 화젯거리가 있다. 예를 들면, 대세에 영향을 주지 않는 가십거리나 서로 겹치는 지인에 관한 이야기가 될 수도 있고, 상대방과 대화하면서 느낀 즐거운 마음, 교류 과정에서 체감한 편안함, 다음번 대화에 대한 기대를 적절히 표현하는 것이 될 수도 있다.

이스라엘 사학자 유발 하라리Yuval Harari는 저서 『사피엔스Sapiens』에서 '뒷담화 이론'을 제시했다. 인류 언어의 중요한 용도는 조기 경보를 발설하는 것이 아니라 우리 자신에 관한 이야기를 나누면서 무리 중에서 누가 가장 성실한지, 누구와 누구의 관계가 좋은

지, 또 누구와 누구의 관계가 좋지 않은지를 이해하는 것이다. 이것이 집단의 발전을 이끌었다. 정서 표현은 상대방에게 가치 있는 경험을 제공함으로써 성취감을 느끼게 한다. 이는 자신이 다른 사람의 삶의 궤적에 흔적을 남기고 사랑받고 있음을 의미한다.

친근감을 표현하는 좋은 방법으로 '인정'과 '공감'이 있다. 예를 들어, 실연을 당한 친구가 힘들다고 말할 때 "실연당해서 정말 힘들겠다. 그래서 요즘 우울해 보였구나. 나도 실연당한 경험이 있어서 어떤 기분인지 알아." 또는 "그게 뭐라고. 세상의 반이 여자(남자)잖아."라며 두 가지 반응을 보일 수 있다. 전자는 친구의 감정에 공감하는 것이고, 후자는 자신의 관점을 표현하는 것이다. 상대방의 관점에서 헤아려 보면 전자가 친근감의 표현에 해당한다. 후자의 반응에 공감하는 사람도 있겠지만, 후자는 상대방의 감정을 무시한 채 자신의 관점만을 전달하고 있다. 그 속에는 "네 감정 따위는 상관없어. 내가 하라는 대로 해."라는 의미가 숨겨져 있다. 이렇게 반응하는 것은 위로가 될 수 없다. 효과적인 대화는 쌍방의 상황을 기준으로 삼아야 하며 개인적인 바람을 참고하는 것이 아니다.

4단계: 의식에 따른 마무리

소통은 하나의 온전한 과정으로 공연에 끝이 있듯 대화에도 마무리가 필요하다. 의식은 우리가 상대방을 신경 쓰고 있음을 표현하는 하나의 방법이다. 기념일에 카드를 쓰거나 외출할 때 뽀뽀하는 것처럼 한마디의 말, 하나의 동작이면 충분하다.

'의식에 따른 마무리'란 한 사람이 적절한 방식으로 대화에 마침표를 찍고 나오는 것을 의미한다. 대화를 갑자기 중단하면 상대방은 불쾌함을 느끼고 대충 얼버무린다고 생각할 수 있다. 대화를 끝낼 때는 상대방에게 대화가 유쾌했음을 다시 한번 표현하고, 마지막에는 아쉬운 기분으로 대화를 마무리한다. 예를 들어, 대화하는 과정에서 헤어져야 하는 시간을 미리 알려 주거나 "오늘은 여기서 마무리하자."라는 뜻을 확실히 전달하고, 마지막에는 "이야기를 나눠서 즐거웠다, 다음에 또 만나자/내일 계속하자/식사 후 다시 만나자."라는 말을 덧붙인다. 헤어질 때는 포옹이나 악수, 또는 뒤를 돌아보는 것으로 아쉬움을 표현한다. 이렇게 하면 상대방은 존중받고 있음을 느끼고, 다음번 대화를 기대하게 된다.

소통심리학에는 대화를 촉진하는 방법이 여러 가지 있다. 하지만 좋은 대화에는 지나치게 많은 공식이 필요치 않다. 마음의 문을 활짝 열고 대화에 집중한다면 유쾌한 대화를 끌어낼 수 있을 것이다.

좋은 신뢰 관계 ──────
────── 구축하기

상호 협력이 필요한 현대 사회에서 서로 신뢰하고 신뢰받는 것은 굉장히 중요하다. 신뢰하지 못하는 관계는 신호 없는 핸드폰처럼 중요한 순간에 쓸모가 없어진다. 신뢰를 쌓게 되면 관계를 통한 자양분과 도움을 얻을 수 있고, 신뢰가 부족하면 상호 관계에서 소모와 박탈을 끊임없이 느끼게 된다.

현실에서 불신하는 상황이 갈수록 흔해지고 있다. 사람들은 자신이 타인을 신뢰하지 않는 것은 타인이 믿을 만한 가치가 없기 때문이라고 생각한다. 하지만 심리적 측면에서 보면 불신은 일종의 방어적·저항적 심리 상태로 우리가 상처받거나 손해 보는 것을 두려워하기 때문에 나타난다.

인간은 태어나자마자 어머니와 애착 관계를 맺는다. 성장하면서 어머니와 우호적인 관계는 안전감과 경계감을 체험하는 데 도움을 준다. 하지만 끊임없이 경계를 허물고 자녀를 감정적으로 구속하려는 어머니도 있다. 그러면 아이는 안전감을 체험할 수 없게 된다. 내 어머니는 걱정이 많으셨던 분으로 어머니에게 가장 많이 들었던 말이 "밖에 나가면 조심해. 밖에는 나쁜 사람이 많아."였다. 하지만 어머니는 어린 나에게 이러한 말들이 사회환경에 대한 공포감과 불안감을 증폭시킨다는 사실을 알지 못했다.

우리에게 이러한 이해가 필요한 이유는 내 부모를 질책하기 위한 것이 아니라 진실을 확인하고 법칙을 이해하며 성장의 기회를 잡기 위한 것이다. 일반적으로 사랑을 듬뿍 받고 자란 아이는 안전감이 높은 편이며, 세상과 우호적인 관계를 맺는다. 반면 걱정과 불안 속에서 자란 아이는 내면에 이 세상에 대한 두려움이 가득하다.

타인을 '신뢰'하는 것은 하나의 '능력'이다. 우리는 자신의 내면을 직시할 필요가 있다. 두렵고 예민한 마음 상태에 놓여 있는가? 내가 본 사람이 객관적으로 존재하는 인물인가, 아니면 상상의 인물인가? 위험이나 실수를 감당할 능력이 충분한가? 인간관계에서 등가교환이 존재한다고 생각하는가? "타인을 신뢰하려면 비용이 소모된다."라는 관점을 수용하는가? 이러한 문제를 적절히 해결할 수 있다면 타인과 신뢰 관계를 구축할 수 있을 것이다.

내재적 관계 유형에 따라
다른 사람과 관계 맺기

1. 달팽이 유형

자아 보호 의식이 강하다. 상처를 받으면 숨어버리고 타인을 쉽게 믿지 않는다. 또한 자신의 솔직한 감정을 억누르고 숨기기 때문에 상대방이 이를 알아챌 수가 없다. 따라서 달팽이 유형의 사람도 타인의 신뢰를 쉽게 얻기 힘들다. 달팽이 유형의 사람이 타인과 신뢰 관계를 맺으려면 비교적 긴 시간이 필요하다. 상호 간에 신뢰 관계를 구축하기 위해 달팽이 유형은 수시로 자신을 다독이며 밖으로 걸어 나와 자신의 감정을 솔직하게 표출해야 한다. 달팽이 유형에게 신뢰를 받고 싶다면 인내심 있게 기다려야 한다. 세심하게 관찰하고 상대방이 표현하지 않은 진짜 감정을 이해하며 적시에 관심을 표현한다.

2. 캥거루 유형

이 유형의 사람은 자신의 가치가 타인을 돌보고 타인이 자신을 필요로 하는 데서 나온다고 생각한다. 그래서 일반적인 관계에서 캥거루 유형은 타인의 신뢰를 가장 쉽게 얻을 수 있다. 이들은 보살피는 행위를 보여 주는 것만으로도 신뢰를 얻을 수 있다. 다만 이러한 신뢰는 오래가지 않는다. 왜냐하면 본질적으로 타인을 약화시킨 뒤 돌보려 하기 때문이다. 이들은 타인의 이미지를 약하게 만든 다음 타인을 보호하고 돌보며, 시간이 지남에 따라 타인의 경계까지 침범한다. 이렇게 되면 돌봄을 받는 사람은 불편함을 느끼고, 캥거루 유형인 당사자도 타인을 불신하는 상태에 노출될 수 있다.

캥거루 유형이라면 자신의 방식이 올바른지 돌아봐야 한다. 상대방을 독립된 인격체로 인정해야 하며 상대방이 거절하더라도 불만을 품지 않아야 한다. 그래야만 자신에 대한 타인의 신뢰를 유지할 수 있다. 아울러 캥거루 유형의 사람에게 신뢰를 얻고 싶다면 그의 보살핌을 인정한다. 적절히 약한 모습도 보여 주고 고마움도 표하며 그의 계획을 따른다.

3. 타조 유형

자신에 대한 감정이 양호하고 자부심과 자기애가 강하다. 내적으로나 외적으로나 자신감을 발산하며 성공하고 뛰어난 모습을 자주 보인다. 따라서 자신의 개인적 매력을 어필하는 것만으로도 타인의 시선을 끌 수 있고 신뢰도 얻을 수 있다. 하지만 타조 유형은 포용력이 낮아 주변 사람들과 공감하지 못하며 타인이 자신에게 의지한다고 생각하면 거부감을 느낀다. 그러므로 타조 유형은 자신을 내려놓아야만 신뢰를 오랫동안 유지할 수 있다. 또한 타조 유형의 사람에게 신뢰를 얻고 싶다면 이들을 칭찬해 주기만 하면 된다.

4. 산비둘기 유형

자아 방어 의식이 강해 타인과 신뢰 관계를 구축하기가 힘들다. 이들은 자신과 동일한 유형과는 업무적으로 빠르게 협력할 수 있지만, 산비둘기 유형이 다른 유형을 대할 때는 이익이 관계의 기반이 아니라는 인식의 전환이 필요하다. 관계가 굳건해지려면 서로 간에 상호작용과 정서적 연결이 수반되어야 한다. 만약 산비둘기 유형에게 신뢰를 빨리 얻고 싶다면 이성적으로 상대방을 설득하거나 상대방에게 이익을 줄 수 있음을 보여 준다.

남들에게 신뢰를 빠르게 얻는 법

다른 사람이 자신을 신뢰한다는 것은 매력적이며 일도 잘 처리한다는 것을 의미한다. 하지만 신뢰 관계를 오래 유지하는 것만큼 빠르게 신뢰를 얻는 것 또한 중요하다. 다음의 몇 가지 방법을 시도해 보자.

1. 웃고 웃고 또 웃으며 좋은 첫인상 만들기

미국의 심리학자 루친스Luchins는 연인이 된 두 사람이 각자에게 느낀 첫인상이 앞으로의 관계에 큰 영향을 미친다는 사실을 발견했다. 즉, '선입견'에 따른 효과를 무시할 수 없다는 뜻으로 이러한 현상을 '초두효과'라고 부른다. 첫인상이 항상 맞는 것은 아니지만 가장 선명하고 확고하며, 앞으로 두 사람의 교제 과정에 영향을 미칠 수 있다. 사람들은 처음 만났을 때 좋은 인상을 풍기는 사람과 친해지고 싶고 신뢰하고 싶다는 생각이 든다. 따라서 누군가를 처음 만날 때는 옷차림과 언행에 특히 신경 쓴다. 바른 몸가짐과 공손한 말투를 통해 타인에 대한 존중을 표현할 수 있으며, 타인의 신뢰도 쉽게 얻을 수 있다.

2. 사소한 부분에 관심 보이기

상대방과 관련된 사소한 부분에 관심을 보이면 그는 존중받는 느낌을 받게 되고 아울러 그의 신뢰를 얻을 수 있다. 나 자신과의 관계는 모든 인간관계의 기반이 된다. 관계 속에서 우리는 자신이 눈에 띄길 바라는데, 이는 누구나 내면에 있는 기대이기도 하다. 타인이 우리를 얼마나 존중하고 있는지를 검증하는 것과 마찬가지로, 외면하기 쉬운 사소한 부분을 통해 우리가 타인을 얼마나 존중하고 있는지를 보여 줄 수 있다.

나는 한때 제품 영업직으로 근무한 적이 있다. 당시 업계에서 유명한 중개상과 협력하기 위해 연속해서 여섯 번이나 방문했지만, 매번 아무런 성과 없이 돌아왔다. 중개상은 내가 건넨 자료조차 열어보지 않았다. 일곱 번째 방문을 앞두고 사전 준비를 통해 중개상이 포도를 좋아한다는 정보를 입수했다. 최악의 상황을 각오하고 방문했는데, 중개상은 온화한 눈빛으로 자료를 달라고 하더니 자세히 살펴보기 시작했다. 이후 협력은 순조로웠으며, 지금까지 나이를 초월한 우정을 이어 오고 있다.

3. 상대방에게 도움 청하기

사람들은 자신의 강한 모습을 보여 줘야만 더 많은 신뢰를 얻을 수 있다고 오해한다. 사실 약한 모습을 적절히 보여 주는 것이 타인과의 거리를 좁히는 데 더 효과적이다. 심리학 연구에 따르면, 사람들은 자신에게 도움을 주는 사람보다 도움을 청하는 사람을 더 좋아하는 것으로 나타났다. 도움을 받은 사람은 감사와 기쁨을 표현한다. 그들의 표현은 마치 거울과 같아서 우리는 그 속에서 '타인이 좋아하는, 타인이 필요로 하는' 자신을 볼 수 있다. 즉, 자신의 가치를 증명할 수 있다. 그런데 우리가 도움을 청할 때 상대방의 표정과 태도에서 어쩔 줄 몰라 하는 모습이나 싫어하는 모습을 보게 되면 우리 내면에 자리하고 있는 '자신의 좋은' 이미지가 깨져 버릴 수 있다. 따라서 도움을 청할 때는 먼저 작은 것부터 요청하고, 한 번에 지나치게 과도한 요청을 하지 않는다.

다른 사람의 신뢰를 얻으려면 기술이 필요하다. 일단 그를 신뢰해야 그 사람으로부터 진정으로 신뢰를 얻을 수 있다.

아빠가 딸을 데리고 외나무다리를 건너면서 딸에게 걱정스럽게 말했다. "얘야, 내 손을 잡으렴. 그럼 떨어지지 않을 거야." 그 말을 들은 딸은 "아니에요. 아빠가 제 손을 잡으세요."라고 말했다. 아빠는 의아해하며 "그게 뭐가 다르니?"라고 물었다. 그러자 딸은 "다르죠. 제가 아빠 손을 잡으면 무슨 일이 생겼을 때 아빠를 힘들게 하지 않으려고 제가 아빠 손을 놓을지도 몰라요. 하지만 아빠가 제 손을 잡으면 무슨 일이 있어도 아빠가 제 손을 놓지 않을 거라는 확신이 있어요."라고 대답했다.

신뢰의 본질은 결박하는 것이 아니라 깊이 있는 연결을 하는 것이다. 신뢰는 관계에서 안전감을 느끼게 한다. 우리는 그 속에서 안심하며 선택하기도 하고 진심으로 칭찬하기도 하며, 걱정 없이 거절하기도 한다. 또한 관계 속에서 모든 갈등과 의외의 상황을 직면할 수도 있다.

상대의 마음을 움직이는 ──────
────────── 칭찬하기

심리학자 윌리엄 제임스William James는 "천성적으로 인간 본성의 가장 깊은 곳에는 타인에게 인정받고자 하는 갈망이 자리하고 있다."라고 말했다. 칭찬받을 때의 감정이 바로 타인에게 인정받는 감정이다. 누구나 인간관계에서 타인에게 칭찬받길 원한다. 하지만 우리는 칭찬을 편안하게 받아들이고 서슴없이 말하기 어려울 때가 많다. 이는 우리가 칭찬을 오해하고 있어서다.

칭찬은 아부를 떠는 것이 아니다. 칭찬이나 아부할 때 사용하는 어휘나 표현 방식이 비슷해 보이지만 관계 속에서는 서로 다르다. 아부는 남의 비위를 맞추기 위한 것으로 이를 통해 자신에게 좋은 결과가 있기를 기대한다. 그리고 남의 비위를 맞추는 것은 고의로 자신을 낮게 평가하고 심지어 자신의 바람을 저버리면서까지 상대방의 욕구를 충족시켜 주는 것을 의미하기에 사람들은 불편함을 느낀다.

반면 칭찬의 본질은 공감을 표현하는 것으로 자신을 소홀히 하지 않는다. 전자는 상대방을 자원의 소유주이자 증여자라고 여겨 상대방을 우러러본다. 후자는 상대방을 동등한 교류 대상으로 여긴다. 우리는 살면서 진심 어린 칭찬이 아닌 억지로·아부를 떨며 구축한 관계를 종종 볼 수 있다. 그리하여 기대했던 결과를 얻을 수도 있지만, 건전하고 장기적인 관계는 맺을 수 없다.

또한 칭찬은 '인사치레'가 아니다. 사교적인 태도와 규칙을 바탕으로 "이렇게 누추한 곳까지 와 주시다니요.", "뵙게 되어 영광입니다."라고 말하는 것은 칭찬이 아니라 자신의 품격을 과시하기 위한 것으로 상대방의 언행과는 무관한 경우가 많다. 인사치레와 칭찬을 동일시하면 칭찬이 아부로 변질할 수 있다.

또한 칭찬은 '감사'도 아니다. 우리가 감사를 표현하는 것은 도움을 준 사람에게 반응을 보이기 위한 것이다. 그런데 칭찬은 타인의 희생에 대한 것이 아니라 상대방의 어떠한 특성이나 행위에 공감하고 마음속에서 우러나오는 진심을 표현하는 것이다. 예를 들어, 친구가 경기를 끝냈을 때, 동료가 새 옷을 입고 왔을 때 표현하는 것이 칭찬이다.

칭찬은 마음속에서 우러나오는 '감상'이다. 마치 꽃 한 송이를 보았을 때 꽃의 향기를 맡고 꽃의 아름다움을 보면서 "꽃 중에서도 가장 아름다운 꽃이구나."라고 감탄하는 것과 같다. 마음속에서 우러나오는 진심이 아니라면 자연스럽게 말로 표현할 수 없다. 설사 말로 표현하더라도 마음에도 없는 말이 된다. 억지로 꾸민 거짓 칭찬은 아무리 화려한 수식어를 갖다 붙여도 상대방에게 진심이 아님을 느끼게 하고 반감이 들게 한다. 진심을 담은 칭찬이라야 타인과 자신에게 자기 가치감을 가져다줄 수 있다.

가끔 타인의 칭찬을 숨막혀 하며 있는 그대로 받아들이지 못하는 사람도 있다. 이들은 칭찬을 그저 타인의 기대에 따른 스트레스로 느끼기 때문에 칭찬을 들으면 더욱 불안해한다. 칭찬을 아부나 도움을 청하는 것이라고 밀어내고, 심지어 칭찬하는 사람의 눈을 피하면서 급히 자리를 뜨기도 한다. 겸손을 강조하고 교만과 조급함을 경계하는 문화에서는 타인의 칭찬을 거북하게 느끼는 사람들이 많다. 칭찬받는 것이 두려운 사람은 불안을 느끼고 자아 가치가 손상된다. 따라서 칭찬할 때는 칭찬이 독이 되지 않도록 상대방의 특징을 살펴 가며 한다.

⋮

고효율, 고품질의 칭찬 표현

1. 추상적으로 칭찬하기

예를 들어 "당신이 이 옷을 입고 있으니까 특별한 아름다움이 있어요. 평소와 다른 분위기가 느껴져요."라고 말하는 것이다. 추상화된 칭찬으로 대화와 상상의 여지를 남긴다.

사람과 사람의 인지는 100퍼센트 일치할 수 없다. 상대방의 마음을 칭찬하고 싶다면 상대방의 관점과 입장에서 출발해야 한다. 진심 어린 칭찬이라도 상대방의 마음속 기대에 어긋난다면 효과적으로 전달될 수 없다. 칭찬을 추상화하면 상대방에게 풍부한 상상의 여지를 남길 수 있고, 포용할 수 있는 범위도 넓어지며, 상대방의 기대에 부합할 가능성도 커진다.

2.차별화된 칭찬이 깊은 인상을 남긴다

타인을 칭찬할 때 화려한 수식어를 사용할 필요는 없지만 풍부한 어휘를 사용한다면 표현이 더욱 참신하게 느껴진다. 깊이 있고 다채로운 표준 어휘를 적극 활용하여 칭찬의 말을 건네 보자.

차별화된 칭찬을 할 때는 상대에 따라 그에 맞는 표현을 사용해야 한다. "당신의 뛰어난 ○○점을 본받고 싶어요.", "정말 ○○하는 행동이 귀엽네요."라는 칭찬은 대상에 따라 달라진다. 그래야만 상대방이 입에 발린 소리가 아니라 진심에서 우러나오는 말임을 느낄 수 있다.

3. 상대방이 가진 최상의 욕구를 칭찬한다

자아실현의 욕구는 인간이 느끼는 최상의 욕구로 가장 큰 만족감을 준다. 일과 삶이 안정적이라고 칭찬하는 것은 비교적 낮은 단계의 욕구에 대한 반응이다. 이러한 욕구 충족으로 즐거움을 느낄 수도 있지만, 만족감은 그리 높지 않다. "정말 성공했네요. 돈도 많이 벌어서 먹고살 걱정이 없겠어요.", "당신은 뭔가 특별한 인간적인 매력과 곧은 심지가 있는 것 같아요. 그렇지 않다면 어떻게 이러한 성공을 거둘 수 있었겠어요." 둘 중 어떤 말에 마음이 움직이는가?

오랜 친구들과의 모임에서 한 친구가 나에게 한 말이 아직도 잊히지 않는다. "우리 모두 널 자랑스러워해. 근데 네가 혼자서 이러한 성공을 거두기까지 분명 많이 힘들었을 거야." 나의 모든 노력이 인정받고 나의 이상과 초심, 모두 가치 있게 느껴지는 감동적인 순간이었다. 친구의 이 말은 내가 받은 최고의 칭찬이자 인정이었다.

우리는 인정을 갈망한다. 타인이 우리의 능력과 가치 그리고 잠재력을 인정해 주기를 갈망한다. 이러한 칭찬을 받으면 우리는 만족감을 느낀다. 칭찬은 상대방을 인정하는 것이며 상대방 또한 그 칭찬에 대한 인정이 필요하다. 그래야만 진심이 서로의 마음에 닿을 수 있다.

무례한 사람에게 ─────── 대처하는 법

　내담자 J는 직장에서 한 동료가 자원을 독점해 자신의 권리와 이익을 박탈하고 성과를 가로채며, 상사와 동료 앞에서 자신을 험담한다며 토로했다. 그냥 꾹 참으면 상처가 더욱 깊어지고 마음이 우울해지며 불공평함을 느낀다는 것이다. 또 제때 반격하지 못했다는 생각에 마음이 씁쓸해지고 자책과 자기부정에 이르렀다는 것이다. 더욱 심각한 점은 그가 우울한 상태에 빠져 인간관계까지 피하게 됐다는 것이다.

　이 세상은 항상 친절한 것만이 아니다. 인간관계에서 우리에게 친절을 베푸는 사람이 있는가 하면, 악의적으로 공격하는 사람도 있다. 일반적으로 사람들은 공격이 이익 다툼이나 잘잘못을 따지는 것과 관련 있다는 단편적인 생각을 한다. 하지만 심리적 측면에서 보면 공격에는 더욱 깊은 뜻이 내재해 있다.

내재적 관계 유형에 따른 공격성

내재적 관계 유형에 따라 살펴보면 산비둘기 유형은 공격성이 가장 강하고 얻는 게 없으면 잃는 것이라는 사고방식을 가지고 있다. 모든 관계를 쟁탈전이라고 생각하며 자신을 승자로 정의한다. 이들은 남의 이익을 빼앗아 스스로 만족감을 느끼기를 좋아한다. 이들의 공격성은 타인과는 무관하게 관계에 대한 이해에서 비롯된다.

타조 유형도 마치 '폭군'처럼 공격적인 방식을 사용한다. 예를 들어, 직장에서 선동적으로 부하에게 복종할 것을 요구하고, 남녀 사이에서도 상대에게 이래라저래라 하면서 자주 꾸짖고 비웃는다. 타조 유형의 공격성은 심리적 우위를 지키고자 하는 마음에서 나온다. 공격적 행위로 자신을 과시하고 허세를 부리는 것이다. 타조 유형의 사람은 본질적으로 높은 자존감과 열등감의 결합체라고 할 수 있다.

캥거루 유형은 변형된 공격성을 보인다. 격하게 공격하는 경우는 드물고 경계를 침범하는 방식으로 공격한다. 이들은 고생한 티를 내면서 "다 너 잘되라고 이러는 거잖아."라고 말하며 상대방을 죄책감과 자책에 시달리게 하고, 걱정 가득한 목소리로 "넌 안돼, 가지 마. 너무 위험하고 힘들어."라고 말하며 자신감을 잃게 만든다. 캥거루 유형은 자신의 희생과 중요성을 알아 주지 않는 사람을 질책하는 것으로 공격성을 드러낸다.

달팽이 유형의 경우 수동적인 방식으로 타인을 공격하기 때문에 공격성을 감지하기가 어렵다. 공격이 격해 보이지도 않지만 어떻게 대처해야 할지 알 수 없게 만든다. 무언, 무반응, 무응답을 보이며 다 괜찮다고 말하지만 실은 불만족스러워한다는 것을 알 수 있다. 달팽이 유형은 회피적인 공격성을 보이며 남들 모르게 '블랙리스트'를 마음속에 품고 있다.

인격적 특징 중 공격적 행위와 관련 있는 것으로 충동, 적대, 강압 등이 있다. 인격은 비교적 안정적인 심리적 속성으로 한 사람의 행위 유형과 사람을 대하는 방식을 결정한다. 인간관계에서 공격적 인격을 가진 사람은 사소한 일에도 쉽게 화를 내고 자존심이 강하며 굉장히 예민하고 다른 사람과 갈등을 일으키기 쉽다. 공격적 인격을 가진 사람은 자아를 보호하기 위해 타인을 공격하는 것이지만 이는 인간관계에서 긴장과 대립을 유발한다.

이렇듯 공격적 행위를 선택하는 데는 여러 이유가 있다. 공격적인 심리에 내포된 의미를 이해한다면 공격의 본질을 식별하고 불친절한 도발에 대처하는 데 도움이 될 것이다.

불친절로 인한 상처에서 벗어나기

공격을 받았을 때 정면으로 반격하지 않더라도 관계 유형을 조정하고 그에 따른 방식을 취함으로써 상처에서 벗어날 수 있다. 구체적으로 네 가지 방법이 있다.

1. 공격에 대해 옳고 그름으로 구분하지 않기

상대방의 대부분의 공격이 나의 잘못과 무관한 경우가 많다. 어릴 적 부모님에게 비난과 질책을 받으면 우리는 스스로 뭔가 잘못했다고 생각하게 된다. 사실 부모는 그저 자신의 감정을 표출한 것에 불과하다. 하지만 우리는 사물에 대한 인지가 불완전하기 때문에 상처를 받으면 그 경험이 잠재의식 속에 깊숙하게 뿌리내린다. 이후 다른 사람에게 도발이나 공격을 받게 되거나 책망과 불만 섞인 말을 들으면 가장 먼저 자신이 무엇을 잘못했는지를 반성하게 된다. 때로는 비합리적인 자기부정에 빠지기도 한다. 이때 우리는 나쁜 감정을 느끼게 되고 손이 떨리고 눈물이 나며 숨이 가빠지는 등 본능적인 신체 반응을 보이기도 한다. 사실 이러한 그들의 악의적인 도발은 나의 행동과는 대부분 무관하다.

2. 공격의 상처를 인식하기

공격은 모두 상처를 주고, 도발은 모두 악의적이다. 우리는 타인이 우리에게 하는 행위가 공격과 도발에 해당하는지를 식별하고 판단해야 한다. 자아를 보호하는 것은 모든 사람의 본능이지만 분명하게 인지하는 것도 이성적인 욕구이다. 왜냐하면 우리는 방어기제가 자동으로 작동함에 따라 실패하거나 실수했을 때 이를 합리화하고 책임을 회피하려 하기 때문이다.

자신의 능력 부족으로 경쟁에서 밀려난 것인지, 아니면 상대방이 고의로 비방하면서 성과를 가로챈 것인지, 우리의 관계 유형이 작용한 것인지, 아니면 상대방이 우리의 심리적 경계를 침범한 것인지처럼 공격을 식별하는 것은 공격에 대응하는 것만큼 중요하다.

관계에서 많은 문제가 발생하는 것은 소통의 실패 때문이다. 그러므로 우리는 자신, 타인 그리고 관계를 온전히 인지할 필요가 있으며, 그래야만 보다 효과적으로 대처할 수 있다.

3. 자아를 보호하는 힘 키우기

아들이 유치원에 다닐 때 한 아이로부터 자주 괴롭힘을 당했고, 집에만 돌아오면 항상 화를 냈다. 나는 아들에게 이러한 상황에서 선택할 수 있는 것은 상대가 괴롭히지 못하도록 자신의 힘을 기르거나 상대방에게 붙잡히지 않도록 재빨리 도망치는 것뿐이라고 말했다. 아이는 고민 끝에 첫 번째 선택지를 고르면서 더이상 괴롭힘을 당하고 싶지 않다고 말했다. 그래서 나는 아들에게 "힘을 키우려면 시간이 필요한데, 먼저 태권도 학원에 다녀 보자. 그리고 태권도를 배우는 건 힘으로 문제를 해결하기 위한 게아니라 자신을 보호하기 위한 거야. 친구가 또 괴롭히더라도 두려워하지 마. 맞서 싸울 수 있는 용기와 능력이 있으니까."

태권도를 배운 후 아이는 자신을 괴롭히는 친구를 더 이상 두려워하지 않았다. 능력을 키우면 마주할 용기가 생기고 맞서 싸울 힘이 생긴다. 자신을 보호할 힘을 갖추면 선택할 수 있는 더많은 기회가 열린다.

4. 정면으로 맞서 싸우기

위기가 발생하면 공격의 속성을 정확하게 파악하고 자신의 힘을 가늠해 보며 사후 결과를 생각해야 한다. 가장 직접적인 해결방법은 맞서 싸우는 것이다. 시비 거는 것을 옹호하진 않지만 그렇다고 문제가 일어날 것을 두려워할 필요도 없다. 타인의 도발은 그저 내면의 불안을 해소하기 위한 대처법으로 자기방어 기제가 작동한 것일 뿐 내가 뭔가를 잘못했기 때문이 아닐 수 있다. 두려움, 분노, 무력감을 느낄 때 정면으로 맞서 싸우면 마음속 우울함을 해소할 수 있다. 참을 만큼 참았다면 더 이상 참을 필요가없다.

만약 효과적으로 맞서 싸울 수 없다면 이를 피하는 것도 위기를 해결하는 방법이다. 이로 인해 자책이나 자기부정을 할 필요가 없다. 위험을 피하는 것은 인간의 본능이며 물불 가리지 않고 달려드는 것이 오히려 무모한 짓이다. 상대가 무례하게 선을 넘는다면 효과적인 대처를 통해 우리의 경계를 지키면서 관계 속에서 편안한 자리를 찾아보자.

우아하게 거절하는 ──────
────── 방법이 있다

인간관계에서 거절하는 것은 결코 쉬운 일이 아니다.

아들이 아버지에게 "세상에서 가장 꺼내기 어려운 말은 무엇인가요?"라고 물었다. 아버지는 "'아니요'라는 말이 가장 어렵지."라고 대답했다. 아들은 믿을 수 없다는 듯 "농담이시죠? 아니요, 아니요, 아니요! 이렇게 쉬운데요. 숨 쉬는 것만큼이나 쉽잖아요."라고 말했다. 아버지는 "그러면 네가 이 말을 해야 할 상황이 오면 반드시 말할 수 있어야 한다."라고 당부했다.

이튿날 아들은 평소처럼 학교에 갔다. 학교에서 멀지 않은 곳에 깊은 호수가 하나 있는데, 겨울이 되면 아이들은 이곳에서 스케이트를 타며 놀았다. 호수 전체가 얼어 있었지만 얼음층이 아직 단단하지 않았다. 방과 후 아이들은 "스케이트 타러 가자. 안 가는 사람은 겁쟁이."라고 큰소리로 외쳤다. 아들은 위험하다는 사실을 감지하고 거절하고 싶었지만, 친구들에게 비웃음을 살까 두려워 빙판으로 달려갔다. 빙판 위에 아이들이 모여들자 결국 빙판이 깨지면서 아들과 친구 두 명이 차가운 호수 속으로 빠지고 말았다. 다행히 아이들은 모두 구조됐다. 아들은 그제야 '아니요'라는 말이 가장 꺼내기 어렵다고 했던 아버지의 말을 이해할 수 있었다.

⋮

거절이 어려운 이유

우리는 살면서 타인의 부탁에 '아니요'라는 간단한 말을 꺼내지 못하는 경우가 많다. 타인의 부탁을 거절하는 것을 미안하게 여긴다. 항상 자신보다 남을 먼저 배려해야 한다고 배워 왔기 때문에 습관적으로 타인의 요구를 우선순위에 놓고 자신의 요구와 생각이 다르더라도 쉽게 거절하지 못한다. 어떤 사람들은 상대방의 이해를 얻고 싶은 마음에 "가는 길이 아니에요.", "아직 일이 안 끝났어요." 등 갖가지 이유를 대며 거절하기도 한다. 그런데 만약 상대방이 이유를 하나씩 파헤친다면 거절이 실패로 돌아갈 뿐만 아니라 더욱 난감한 기분이 들 것이다. 그리고 타인의 인정을 갈망하는 사람들은 타인의 부탁을 거절하는 것을 "난 안 돼.", "난

할 수 없어."라는 의미로 받아들이기 때문에 아무리 어렵고 힘들어도 묵묵히 참고 견딘다.

타인의 요구를 거절하지 못하는 사람은 자신이 타인에게 부탁할 때도 거절당하는 것을 두려워한다. 이들은 거절이 곧 '부정'이라고 생각하기 때문이다.

우리가 타인의 부탁을 거절하지 못하는 이유는 인간관계에서 소통의 경계를 확실히 인지하지 못하기 때문이다. 이를 확실히 인지한다면 관계 속에서 어떤 것이 합리적이고 안전한지, 상대방이 넘지 않아야 하는 경계가 무엇인지를 분별할 수 있게 된다. 개인의 소통 경계가 명확한 사람은 충분히 민감하고 확고하다는 것을 의미하며, 자신을 보호하면서 타인에게 이용당하고 침범당하는 것도 피할 수 있다.

누구나 거절할 권리가 있다. 우리는 어렸을 때 큰 소리로 '아니요'라고 말할 수 있었다. 그리고 우리를 불편하게 만드는 것들을 멀리하라고 배웠다. 거절하는 힘은 줄곧 우리 몸 안에 숨겨져 있었다. 단지 갖가지 외부 규칙과 자아 인지의 혼란으로 자신이 그 힘을 가지고 있다는 사실을 잠시 잊고 있었을 뿐이다. 이제 그 힘을 깨워 보도록 하자. 마음만 먹으면 불합리한 요구를 거절할 수 있다는 사실을 믿어 보자.

온화하지만 단호하게 '아니요'라고 말하기

심리학자 도널드 위니콧Donald W. Winnicott에 따르면, '예'는 흔쾌하게, '아니요'는 온화하지만 단호하게 말해야 한다. 어떻게 하면 타인의 부탁을 우아하게 거절할 수 있을까. 연습을 통해 거절하는 방법을 하나씩 익혀 보자.

결정을 내리기 전, 먼저 거절 가능한 요구인지를 생각해 본다. 다음의 몇 가지 질문이 생각하는 데 도움이 될 것이다.

나는 상대방의 요구를 거절할 권리가 있는가? 대답이 망설여진다면 아직 심리적인 준비가 되지 않았다는 의미다. 조급해하지 말고 자신에게 거절하는 힘을 찾아낼 시간을 주자.

이 일이 상대방에게 중요한가? 얼마나 중요한가? 거절할 경우 최악의 결과는 무엇인가? 그 결과에 책임을 져야 하는가? 상대방이 도움을 청할 수 있는 사람은 나밖에 없는가?

타인을 구제하는 것은 성취감을 주지만, 동시에 거절도 하지 못하게 만든다. '구제한다'라는 것은 인간관계에서 소통의 경계에 대한 인지가 명확하지 않다는 것을 의미한다. 우리는 슈퍼맨이 아니다. 혹시 승낙하면 호의로 나쁜 일을 하게 되는 것은 아닌가? 본인의 가치관과 기본원칙에 어긋나지 않는가? 참고 양보하는 사람보다 원칙을 고수하는 사람이 더 매력적으로 느껴진다.

도와주겠다고 말하면 앞으로 어떤 전개가 펼쳐질까? 소모해야 하는 시간, 투자해야 하는 에너지, 감수해야 하는 위험 등을 포함하여 내용이 상세할수록 좋다. 이러한 내용은 곧바로 확실한 지침이 될 것이다.

이러한 질문에 대한 답을 모은 다음, 거절 가능한 일이라는 확신이 생기면 다음의 세 가지 원칙을 참고하여 거절한다.

1. 일을 거절할 뿐 사람을 거절하는 것이 아니다

상대방을 존중하고 상대방의 인격을 평가하지 않는다. 거절은 결코 관계를 깨는 것이 아니다. 오히려 거절을 통해 관계는 더욱 공고해지고 오랫동안 유지된다. 이를 위해서는 상대방의 체면을 살려 주고 상대방을 존중해 주는 것이 무엇보다 중요하다. 상대방을 부정적으로 평가하지 않도록 하며, 마음속으로 상대방에게 "잇속만 챙긴다.", "게으르다.", "공감력이 없다."라는 낙인을 찍지 않는다. 거절한다는 것은 어떠한 일에 대한 거절일 뿐 사람을 거절하는 것이 아니다.

2. 다른 사람의 요구할 권리를 존중한다

누구나 자신의 요구를 표현할 권리가 있으며, 이를 거절할지는 우리 선택에 달려 있다. 프랑스 계몽주의 사상가 볼테르는 "나는 당신 말은 부인하지만, 말할 권리는 절대적으로 옹호한다."라는 명언을 남겼다. 같은 이치로 상대방에게 거절할 수 있지만, 상대방의 요구는 존중해야 한다. 거절할 때 이러한 요구를 하면 안 된다며 상대방을 질책하는 행동은 절대 하지 않아야 한다. 이는 두 사람의 관계에 도움이 되지 않는다.

3. 급한 일은 도와도 가난은 돕지 않는다

이 말은 돈을 빌려주는 상황뿐만 아니라 다른 상황에도 적용할 수 있다. '가난'을 돕는 것을 거절하는 쪽이 오히려 그를 돕는 일이다. 그렇지 않으면 상대방은 점점 더 의지하면서 의존적 관계에서 벗어나려 하지 않는다. 거절을 당한 후 어느 정도 시간이 지나면 그는 성장을 맛볼 수 있으며, 심지어 그때 거절해 준 당신에게 고마움을 느낄 것이다.

차마 거절하지 못하는 이유는 관계를 깨고 싶지 않기 때문이다. 하지만 거절하지 않으면 본인만 억울해진다는 사실이 무수한 사례를 통해 입증됐다. '아니요'라고 말할 수 없는 관계는 최악의 관계이며 오래도록 지속할 수 없는 관계이다. 관계에서 등가교환의 법칙이 실현되지 않으면 시간이 지남에 따라 관계는 불균형과 파열을 맞이하게 될 것이다. 이러한 관계는 없느니만 못하다.

가족과 심리적 분리가 ─────── 필요하다

가정은 사회화의 출발점이자 최초로 사회를 이해하는 곳이기도 하다. 사람들은 성인이 되어 집을 떠나야만 사회로 나아가 사회 적응을 시작한다고 생각하는데, 사실 이 모든 일은 이미 가정에서 일어나고 있다.

가족과의 생활은 우리 인생에서 겪는 첫 번째 경험이다. 그렇기 때문에 가정에서의 경험은 우리에게 더욱 깊은 흔적을 남기고 큰 영향을 미친다. 마치 모래사장을 걷는 것처럼 발걸음 하나하나가 깊은 발자국을 남긴다. 우리는 <u>부모와의 공간 분리가 필요한 것이 아니라 심리적으로 가족에서 벗어나는 것이 필요하다.</u>

가정은 안전한 곳이자 안락한 공간으로 우리는 이곳에서 돌봄과 보호를 받길 원한다. 그러므로 어떤 사람에게는 집을 떠나는 것이 무척 힘든 일이 될 수도 있다. 또 어떤 사람들은 집을 나와 혼자 생활하는 것이 가족에게서 벗어나는 일이라고 생각한다. 어느 정도 벗어나는 것은 분명하지만 가족으로부터 진정으로 벗어난다는 것은 우리가 다양한 관계에 자발적·적극적으로 참여하고, 자신에게 속하는 인적 네트워크를 발전시켜 나가는 것을 의미한다.

∶

나와 가족의 관계 인식하기

어떤 사람은 "나는 집을 나가고 싶은데 부모님이 못 나가게 하는 거야."라고 말한다. 바꿔 말하면 어떤 면에서 부모가 자원을 약탈하는 도구로 나를 이용하고 있다는 뜻이다. 내가 나가려고 하면 부모가 손을 놔주지 않고, 내가 저항하거나 뜻을 어기면 질책하기 때문에 '불효'라는 죄책감을 느끼게 된다.

사실 가족이 나를 묶고 있는 것이 아니라 우리가 자발적으로 가족의 영향을 받아들이고 있다고도 할 수 있다. 그런데 대부분은 이러한 사실을 인정하려 하지 않는다. 어쩌면 가족에서의 경험이 좋지만은 않았을 것이다. 그런데도 여전히 가족을 '부양'하는 것은 이러한 상태에서 편안함을 느끼기 때문이다. '새로운 길'로 걸어갈 용기가 없기 때문에 가족이라는 익숙한 환경에 머무는 것을 선택한다.

어떤 사람은 "사실 일찍부터 집을 떠나고 싶었어요."라고 말한다. 하지만 정말로 떠나고 싶은 것일까? 진정으로 가족에게서 벗어나고 싶은 것이 아니라 그저 어떠한 통제에서 벗어나고 싶은 것일 뿐이다. 여전히 가족과 부모에게 의지하고 있고, 계속해서 돌봐주기를 바란다.

우리는 가족에게서 받는 영향을 줄이고 싶어 하지만 자신이 싫어하는 방식을 무의식적으로 반복한다. 이는 부모에 대한 깊은 동일시에서 비롯된다.

내담자 K는 자기 가정을 꾸렸음에도 여전히 가족에게서 벗어나지 못하고 있다는 고민을 털어놓았다. 그는 이틀에 한 번꼴로 부모님 집에 머물고, 부모님에게 무슨 일이 생기면 가장 먼저 달려가 돕고, 해결하는 것으로 끊임없이 자신의 존재감을 확인한다. 그는 부모에게서 잊힐까 봐 두려움을 느끼고 있는 것이다.

부모의 안 좋은 부분을 자신은 절대 따라 하지 않겠다고 부모와 대립각을 세우지만, 마음속 깊은 곳에서는 부모를 동일시하기 때문에 대립이 나타날 수 있다. 이러한 문제를 분명히 파악할 수 있다면 가족과 이별하고 진정한 자신을 찾아 나설 수 있다. 성인이 된 이후에는 가족에게서 받은 영향이 좋든 나쁘든 이를 인정하고 수용해야 하며, 용감하게 놓아주는 방법을 배우고 가족과 진정으로 이별하는 것이 필요하다.

자신을 배려하는 ——————

—————— 네 가지 방법

나를 사랑한다는 것은 '자기연민'이다. 자기연민은 자아를 이해하고 수용하고 용서하며 격려하는 것을 말한다. 친구나 애인이 실패나 좌절에 빠졌을 때 어떻게 반응하는가? 보통 "난 항상 널 믿어. 내가 뒤에서 응원해 줄게."라며 위로를 건넬 것이다. 상대방에게 빈정대거나 비아냥거리지 않고 상대방을 비웃거나 비판하지도 않는다.

그렇다면 내가 좌절하거나 실패했을 때 자신에게는 어떻게 반응하는가? 친한 친구처럼 다정하게 자신을 위로하는가, 아니면 엄격하게 자신을 비난하는가? 자기연민이란 타인을 배려하고 이해하는 것처럼, 자신을 배려하고 이해하는 것을 의미한다. 특히 자신이 부정적인 상태에 놓였을 때 비난하거나 비판하지 않고 관용과 이해를 베푼다.

사람들은 스스로 자신을 배려하고 있다고 생각한다. 하지만 잘못을 저질렀을 때 "왜 이렇게 조심성이 없어. 정말 바보구나. 왜 이렇게 정신을 못 차릴까."라는 생각이 드는가, 아니면 "왜 이렇게 조심성이 없지? 괜찮아. 다음번에는 똑같은 실수를 저지르지 않을 거야. 난 더 잘할 수 있어."라는 생각이 드는가?

자기에 대한 연민을 어떻게 해야 하는 것인지 모르겠다면 만약 친구가 이러한 상황에 놓였을 때 어떻게 내가 친구를 격려하고 위로할지를 생각해 보고 그대로 자신에게 말해 주자.

사람은 누구나 사랑받을 자격이 있고 우리는 자신을 사랑할 권리가 있다. 이는 우리가 어떤 사회적 역할, 지위, 자원을 가지고 있든 상관이 없다. 자기연민을 하는 방법에 네 가지가 있다.

1. 나에 대한 평가를 멈춘다

머릿속에 자신에 대한 부정적인 평가가 떠오르면 잠시 멈추고, 내가 아닌 다른 사람에게 이러한 평가를 할 수 있는지 생각해 보자. 그런 다음 거울을 하나 준비하고 자신을 위로자의 역할로 상상한다. 그리고 거울에 비친 나에게 배려심 넘치는 반응을 해 준다. 이어서 처음에 떠올랐던 비난의 말을 친절하고 우호적이며 긍정적인 말로 하나씩 바꿔 보자.

2. 나에게 배려 넘치는 편지를 쓴다

이 세상에서 나를 가장 잘 이해하는 사람은 나 자신이다. 지금의 솔직한 감정을 가장 잘 아는 사람도 나 자신이다. 고민에 빠져 슬픔, 괴로움, 자책, 고뇌에 휩싸여 있을 때 사랑과 배려가 듬뿍 담긴 편지를 나에게 써 보자. 나조차 자신에 대한 사랑을 표현하지 못한다면 과연 누가 해 줄 수 있겠는가? 자신을 사랑하는 일을 남에게 떠넘기지 말자. 편지를 다 쓰고 나면 봉투를 밀봉하지 말고 자주 꺼내 읽으면서 무조건적인 사랑을 느껴 보자.

3. 사랑을 듬뿍 담아 나를 쓰다듬는다

만져 주고 안아 주는 것은 우리 몸에 각인된 가장 원시적이고 효과적인 위로 방법이다. 아기가 울고 있을 때 잘 달랠 수 있는 방법은 따뜻하게 안아 주는 것이다. 성장한 이후에는 사랑하는 사람과의 신체 접촉으로도 피로를 풀 수 있다. 우리가 좌절에 빠져 홀로 상처받고 있을 때 자신을 쓰다듬어 주는 것도 좋은 방법이다. 예를 들면, 두 팔을 가슴 앞에 교차하고 두 손으로 자신의 어깨를 토닥여 준다. 두 손을 문질러 손바닥이 따뜻해지면 두 손으로 가볍게 이마와 뺨을 쓰다듬는다. 나의 두 다리와 어깨, 목을 마사지한다. 이렇게 하면 마음을 가라앉히고 피로를 푸는 데 도움이 된다.

4. 꾸준히 감사 일기를 쓴다

하소연은 효과적으로 스트레스를 풀고 고통을 완화할 수 있는 방법이다. 일기를 쓰는 것은 방해받지 않고 하소연하는 방법이다. 만약 특별한 일을 겪었다면 경외심을 가지고 이를 기록해 보자. 일기는 형식과 내용에 구애받지 않는다. 자세하게 쓸 수도 있고 간단하게 쓸 수도 있다. 가장 중요한 것은 감사 일기이므로 되도록 아름다운 일과 행복한 감정 그리고 생활 속 소소한 행복을 기록한다. 이러한 즐거운 경험이 자신과 연관된 것이라면 더욱 좋다.

오스트리아의 정신의학자 알프레드 아들러Alfred Adler는 "우리에게는 선택권이 있다. 가족에게서 벗어나고 싶지 않은 것도 하나의 선택이다. 만약 벗어나고 싶다면 용기가 필요하며, 또 다른 선택을 통해 자신의 인생을 살아갈 수 있다."라고 말했다. 당신의 선택을 도와줄 수 있는 사람은 없다. 하지만 선택하는 과정에서 학습을 통해 용기를 얻을 수 있다. 관계에 대한 토론과 효과적인 소통에 대한 이해를 통해 용기를 키울 수 있다. 지금까지 다룬 몇 가지 내용으로 지금 당신이 겪고 있는 어려움을 해결할 수 있는 용기를 얻을 수 있기를 바란다.

03 ◉ **나와 세상**

세상으로부터
나를 지키는 경계

네 가지 면에서 ─────

───── 적절한 거리 두기

좋은 관계는 서로에게 자양분이 된다. 우리는 내면의 감정과 정서를 느끼면 자아를 개방하고 타인을 받아들인다. 이를 통해 관계 속에서 자신을 바라보고 타인을 바라볼 수 있게 된다. 좋은 관계는 우리가 복잡한 사회환경에 적응할 수 있도록 한다.

심리학자 아들러는 인간이 벗어날 수 없는 세 가지를 제시했다. 그중 하나가 바로 독립적으로 존재하는 사람은 없다는 것이다. 우리는 다른 사람과 관계를 맺으며 살아가는 존재다. 나와 세상의 관계는 생각처럼 복잡하지 않다. 간단히 말하면, '나'와 '너'라는 두 가지 대상만 있을 뿐이다.

'나'는 개인의 자기의식과 잠재의식에 해당하는 것으로 '주체'라고도 부른다. '너'는 감정 에너지가 투사된 대상을 의미한다. 그 대상은 타인, 지역, 물체, 생각 또는 기억이 될 수 있고, 투사된 감정 에너지는 사랑, 증오 또는 기타 감정이 될 수 있다. '너'는 '나'를 제외한 모든 세상으로 이해할 수 있으며, '객체'라고도 부른다.

객체에 대한 추구는 인류 행위를 촉진하는 원동력이다. 주체와 객체의 상호작용 과정에서 유쾌함, 따뜻함, 안전함을 경험한다면 객체는 좋은 것, 주체는 가치가 있는 것이라고 생각하게 된다. 걱정과 불안을 경험한다면 객체는 나쁜 것, 주체는 가치가 없는 것이라고 여기게 된다. 이러한 상호작용의 경험은 영아기 때 느낀 것으로 성장한 이후의 인간관계에도 영향을 미친다. 이는 내재적 관계 유형의 작용 원리이기도 하다.

:

좋은 관계에는 경계가 필요하다

주체와 객체 사이의 경계가 바로 관계에서의 경계이다. 좋은 관계에는 경계가 필요하며 우리는 각자의 권한을 구분해야 한다. 구체적으로 말해서 관계에서의 경계에는 심리적 경계, 신체적 경계, 정서적 경계, 공간적 경계가 포함된다.

'심리적' 경계란, 사고의 독립을 의미한다. 모든 일에 대해 자신의 가치판단을 가지고 있어야 하며, 자신의 관점을 견지하면서 타인의 관점도 존중할 수 있어야 한다. 우리는 자신과 타인 그리고 사회에 대한 자신만의 인지와 이해가 있으며, 이는 보편적인 관점과 일치할 수도 있고 차이를 보일 수도 있다. 많은 학생이 기숙사 생활에 적응하는 데 어려움을 느낀다. 그 이유는 출신 지역이 다르고 생활 습관이나 생각의 차이가 크기 때문이다. 이처럼 일이나 일상생활에서도 이와 비슷한 상황에 직면할 수 있다.

앞서 언급한 것처럼 관점과 생각에는 옳고 그름의 구분이 없다. 경계가 확실한 사람은 스스로 언행일치를 유지할 수 있고 관점이 다르다는 이유로 타인과 갈등을 빚지도 않으며, 자신의 관점을 표현하는 데 부담을 느끼지 않는다.

신체적 경계가 신체에 투사되면 차별화된 반응을 보인다. 예를 들어, 타인과 대화할 때 친밀감이나 신뢰감에 따라 그 사람과의 거리도 달라진다. 누군가 우리에게 다가오면 피하고 싶을 수도 있고 더 가까워지고 싶을 수도 있다. 이것은 신체적 경계에 의한 반응이다. 신체적 경계는 자아를 보호할 수 있을 뿐만 아니라 우리와 타인의 관계도 직관적으로 보여 준다. 낯선 회의실에 들어가면 구석에 있는 자리를 선택할 수도 있고 눈에 띄는 자리를 선택할 수도 있다. 그리고 옆에 사람이 앉아 있는 자리를 선택할 수도 있고 옆에 사람이 없는 구석진 자리를 선택할 수도 있다. 이는 우리의 경계가 반영된 것이다. 우리가 생각하기도 전에 몸이 먼저 자신을 위해 선택하는 것이다.

'정서적' 경계란, 정서가 타인에게 영향을 받지 않는 것을 의미한다. 타인의 부정적 정서에 영향을 받지 않고 이로 인해 죄책감과 불안을 느끼거나 비난하고 불평하지 않으며, 자기감정을 조절함으로써 부정적인 정서가 타인에게 전달되지 않도록 할 수 있다.

의존적인 관계라면 상대방이 보이지 않을 때 주체는 두려움을 느끼고 주변 친구와 가족에게 부정 에너지를 전달한다. 즉, 정서적으로 다른 사람의 경계를 침범하는 것이다. 가정에서 이러한 상황이 나타날 수도 있다. 직장에서 스트레스를 받고 집에 돌아온 부모가 이유도 없이 아이를 호되게 꾸짖는 경우도 있고, 아이가 시험을 앞두고 초조하고 불안해하면 부모가 함께 긴장하는 경우도 있다.

정서의 표현은 자아를 조절하는 중요한 방법이다. 공감과 감정이입은 타인을 이해하는 데 도움이 된다. 하지만 상대방의 역할에 완전히 몰두하여 부정적 정서에 깊이 빠지거나 심지어 상대방의 기분을 풀어주는 데 도움을 주지 못했다는 자책에 빠진다면 경계가 사라진다. 우리는 자기 정서의 주인일 뿐, 타인의 정서를 좌지우지할 수 없다.

'공간적' 경계는 자신의 방, 자신의 물건 등 개인 공간이나 사물에 타인이 허락 없이 발을 들이거나 건드리는 것을 원하지 않는 것을 의미한다.

심리학에는 고대 인디언 남성의 이야기가 담긴 '동굴 이론'이 있다. 몸을 다치거나 심리적 좌절을 느낄 때 동굴로 들어가 치유를 한다. 그런 다음 건강이 회복되면 다시 동굴 밖으로 나온다. 그가 밖으로 나오면 부족 사람들은 노래를 부르고 춤을 추면서 영웅의 귀환을 환영해 준다. 여기서 동굴은 공간적 경계가 실체화된 것이다.

현대 사회에서 사람들은 여러 가지 스트레스를 받는다. 그래서 소파 한 귀퉁이, 주차장 구석 자리, 가상의 게임 공간 등 치유를 위한 동굴과 같은 공간이 필요하다. 스트레스를 받으면 자신만의 공간적 경계 속으로 들어가 자아를 회복할 수 있다. 아무리 친밀한 관계일지라도 혼자만의 독립된 공간이 있어야 하며, 혼자만의 시간을 서로 존중해 줄 필요가 있다. 치유가 필요할 때 자신만의 공간으로 들어가 하고 싶은 일을 해도 좋고, 아무것도 하지 않아도 좋다. 마찬가지로 사랑하는 사람이 '동굴'에 들어가 있다면 방해하지 말고 온전한 믿음과 존중을 보여 줘야 한다.

．
．
．

'나'와 '너'를 확실히 구분한다

관계 속에서 '나'와 '너'를 확실히 구분하지 않으면 타인의 경계를 침범하는 상황이 발생할 수 있다. 타인의 경계를 침범하면 두 사람의 관계를 망칠 수 있다. 자연에서 동물은 추위를 이겨 내는 자신만의 방법이 있으며, 자연적으로 체온을 조절하는 시스템을 갖추고 있다. 다른 도구의 힘을 빌려야만 자신의 체온을 조절할 수 있는 인간과는 다르다. 반려동물을 키우는 사람 중에는 자신의 감정을 반려동물에게 강제로 이입하는 경우가 많다. 겨울이 되면 반려동물에게 스웨터를 입히고 신발을 신기는데, 이것이 바로 불분명한 경계의 전형적인 예이다. 그 본질은 타인에 대한 배려가 아니라 자신의 감정을 이입한 것이다.

우리는 자신의 감정을 이입하면서 스스로 다른 사람의 감정을 돌보고 있다고 생각한다. 왜냐하면 주체와 객체의 경계를 모호하게 만들고 자신이 상상해 낸 객체를 실존하는 객체라고 착각하기 때문이다. 즉, 자신의 '감지'와 '사고'를 통해 실제 객체를 만들어 낸다. 이러한 상황에서 우리 눈에는 오로지 자신만 보일 뿐 다른 사람은 보이지 않는다.

이러한 관계에서 우리가 추측을 통해 알아내는 다른 사람의 감정은 사실 자기 자신의 감정일 뿐이다. 스스로 다른 사람의 감정을 신경 쓰고 있다고 말하는 사람이라면, 자신이 다른 사람의 감정을 정말로 이해하고 있는지를 돌아보자. 우리는 자신에 대한 타인의 평가를 신경 쓸 때가 있다. 그런데 정말로 신경 쓰는 것은 타인과의 관계 속에서 '내'가 어떻게 비치는가이다.

모든 사회적 관계에는 '나'와 '너'라는 두 가지 역할만 존재한다. 두 사람의 역할과 포지션을 정확히 구분해야만 각자 책임을 질 수 있다. 이 세상에는 '나의 일', '너의 일' 그리고 '신의 일' 이렇게 딱 세 가지가 있다.

나의 일: 스스로 결정할 수 있는 일.
　　　(예) 어디에서 살 것인지, 누구와 함께 살 것인지, 어떻게 살 것인지를 선택하는 것
너의 일: 타인이 결정할 수 있는 일.
　　　(예) 상대방에게 고백한 이후 상대방의 태도와 선택
신의 일: 나와 너 모두 통제할 수 없는, 인간의 능력 범위를 초월하는 일.
　　　(예) 날씨 변화

경계가 불분명하면 우리는 자신의 일을 잊은 채 남의 일에 간섭하고 심지어 신의 일까지 걱정한다. 이로 인해 우리는 종종 사회 환경에 적응하지 못하고 고통을 느끼기도 하며 끝없이 다툼에 휩싸여 관계가 단절되기도 한다. 우리가 해야 할 일은 자신의 일을 잘 처리하고 남의 일을 존중하며 자연의 섭리에 순응하는 것이다.

효과적인 소통에 필요한 3단계

사람과 사람 사이의 관계를 통제하기 어려워 우리는 인간관계에서 불안감을 느낀다. 효과적인 소통이 이러한 불안감을 줄일 수 있다. 부탁이나 조언을 표현하든 감정이나 정서를 전달하든 모두 소통해야만 이루어질 수 있기 때문이다.

좋은 관계는 소통이 원활하게 이루어지고 있음을 의미한다. 간단하게 예를 들면, 퇴근 후 집에 돌아가면 배우자와 오늘 있었던 일을 이야기하고 싶어진다. 만약 상대방이 이야기에 관심이 있다면 신체적 반응을 보이고 이야기 상황에 적극적으로 이입될 것이다. 또한 피드백을 받으면 당신도 자연스럽게 기분이 좋아질 것이다.

만약 상대방이 자기만의 세계에 빠져 이야기하는 내용에 대해 아무런 반응도 보이지 않는다면 분노와 고통을 느낄 것이다. 우리는 이를 통해 전자의 관계는 사이가 좋고 훈훈하지만, 후자의 관계는 불화와 균열이 있음을 알 수 있다.

앞에서 주체와 객체 사이의 경계가 사회생활을 하는 데 큰 영향을 미치며 주체와 객체에 대한 이해도 소통의 질에 영향을 미친다는 사실을 알게 됐다. 내가 누구인지, 어떠한 책임을 지고 어떠한 입장을 고수해야 하는지에 따라 소통하는 과정에서 우리 역할이 정해진다.

역할에 대한 인지의 차이는 소통의 질에 영향을 줄 수 있다. 사람마다 역할에 대한 인지가 각각 다르며, 동일한 사람이라도 주체와 객체 사이에 차이를 보일 수 있다. 자신의 본래 역할과 자신이 정의한 역할, 그리고 궁극적으로 관계에서 보이는 역할은 일치하지 않는다.

예를 들어, 아버지로서 자신이 이성적이고 정서적으로 안정적인 역할을 맡아야 한다는 생각에 아이를 대할 때마다 감정보다는 이성을 앞세우고 정서적인 표현보다는 논리적으로 말하게 된다. 사실 이러한 모습은 아이에 대한 무관심으로 비치며, 아이는 아버지에게 거리감을 느끼게 된다. 결과적으로 아이는 아버지와 소통하기를 꺼리게 되고 부자 사이가 아버지의 기대와 멀어진다.

소통을 방해하는 세 가지 역할

다양한 상담 사례를 통해 소통을 방해하는 세 가지 역할을 발견했다.

첫 번째는 '복종자'이다. 복종자는 흔히들 말하는 타인의 비위를 맞추는 유형의 사람을 말한다. 이들은 다른 사람과 갈등이 발생하는 것을 원치 않으며, 스스로 많은 것을 생각하지도 않고 다른 사람에게 맞춰 주기만 한다. 예를 들면, 친구와 쇼핑하면서 의견을 물을 때마다 항상 "잘 어울려. 넌 뭘 입어도 다 멋져.", "다 괜찮아, 네가 결정해.", "난 상관없어, 네 마음대로 해."라고 말한다면 두 사람 사이의 관계가 점차 미묘하게 변할 수 있다. 심지어 더 이상 당신의 의견을 묻지도 않고 그냥 결정해 버리고 말 것이다.

친구는 의견을 제시해 주고 감정을 표현해 주기를 바랐다. 하지만 당신은 자신을 복종자로 정의하고 상대방이 하자는 대로 따르며 자신의 관점이나 선택을 표현하지 않는다. 그러면 다른 사람의 눈에는 당신이 무척 수동적이고 소극적으로 소통하면서 상대방의 열의를 소모시키는 것으로만 보인다.

두 번째는 '변절자'이다. 변절자란 무엇일까? 이의를 제기할 때 반대되는 정서를 가진 사람이 다른 방식을 동원하여 공감을 얻고 모든 일을 합리화하여 이를 통해 자신은 잘못이 없음을 증명하는 것을 의미한다. 이런 상황은 일상생활에서 비교적 자주 볼 수 있다.

자녀가 다음날 중요한 일이 있어서 일찍 일어나야 하는데, 알람이 울리지 않을까 봐 걱정되어 엄마에게 일찍 깨워 달라고 부탁했다. 하지만 아이는 늦잠을 잤고 자신을 일찍 깨워 주지 않은 엄마를 원망했다. 아이는 슬퍼하며 자신을 왜 깨우지 않았냐고 엄마에게 화를 내자 엄마는 "네가 알람 맞춰 놨다고 했잖아? 왜 나까지 귀찮게 하니? 네 일이 뭐가 중요하다고 그래, 내 일만으로도 바빠 죽겠는데."라고 말했다. 엄마의 말에 아이는 더욱 화가 났다. 그 이유는 엄마가 변절자의 모습을 보였기 때문이다. 엄마가 자신을 깨우지 않아 늦었는데도 엄마는 자신의 잘못을 인정하지 않아 소통이 말다툼으로 번졌다. 이는 앞으로 부모나 자식 관계에도 영향을 미친다.

변절자는 소통 과정에서 '개념'을 몰래 바꿔치기한다. 자신의 문제와 책임을 상대방에게 전가하고 상대방의 감정과 부탁은 무시해 버린다. 그러면 시간이 갈수록 상대방은 소통하고 싶은 의욕을 잃게 되고 막상 이야기를 나눠도 원활하게 이루어지지 않는다.

세 번째는 '전능자'이다. 전능자는 상대방이 부탁하면 자신이 할 수 없는 일이라도 서슴없이 응한다. 항상 공수표를 남발하며 자신의 신용을 갉아먹는다. 남편이 아내에게 밤낮없이 허풍을 떤다. "나만 믿어. 문제없다니까." 하지만 약속을 지키지 않는다. 아내가 추궁이라도 하면 잡아떼면서 도리어 화를 내며 아내 탓을 한다. 소통이 발생하는 시점은 지금이지만 소통의 결과는 미래를 향하는 것이다.

전능자 유형은 지금 소통할 때는 모든 것을 맞춰 주지만 약속을 지키지 않아 상대방의 기대를 저버린다. 시간이 지남에 따라 상대방은 전능자의 말을 더는 믿지 않는 지경에 이르고 소통도 원치 않게 된다.

:

효과적으로 소통하는 법

위의 세 가지 역할은 모두 주체의 시각만 있는 일방적인 소통 과정이다. 다른 사람과 효과적으로 소통하고 싶다면 먼저 소통 과정을 이해한 다음 상대방이 당신의 역할을 정의하도록 하고, 마지막으로 현실로 돌아와 상호 간의 이상화를 타파하는 것이 필요하다. 구체적인 방법을 살펴보자.

1. 감정을 내려놓고 '사실'을 이야기하기

소통의 과정은 사실 굉장히 단순하다. 우선 감정을 내려놓고 사실을 이야기하는 것이다. 감정이 격해진 상태에서 어떠한 일을 이야기한다면 소통이 감정 표출로 변질될 수 있다. 이는 일을 해결하는 데 도움이 되지 않으므로 먼저 감정적 문제를 해결해야 한다. 예를 들어, 상대방이 감정적으로 불안한 모습을 보이면 "서둘지 말고, 천천히 하세요. 먼저 마음을 진정시킨 다음 이야기하는 게 어떨까요?"라고 말해 볼 수 있다. 이것이 바로 감정적 문제를 해결하는 것이다. 만약 감정적 문제를 제대로 해결하지 않고 격해진 주관적 감정을 가지고 공격적으로 타인과 소통한다면 모든 소통 과정이 정상 궤도를 이탈할 수 있다. 감정 문제를 직시하고 해결해야만 감정을 담지 않고 사실을 분명히 묘사하며, 자신이 원하는 바를 표현할 수 있다.

2. 상대방이 '원하는' 역할 파악하기

상대방으로부터 역할을 부여받는 것은 상대방의 욕구를 체득하고 상대방이 정의한 역할을 이해함으로써 효과적으로 소통하는 것을 의미한다.

예를 들어, 친구가 "나 고민이 있는데 너하고 이야기하고 싶어."라고 한다면 이야기를 들어주고 적절한 때 위로를 건네면 되고, "나 문제가 생겼어."라고 말한다면 조언을 듣고 싶다는 뜻임을 알아차리고 문제에 맞게 자신의 생각을 말한다.

소통 과정에서 상대방이 진정으로 바라는 것이 무엇인지 경청하고, 상대방이 감정을 표출하는 것인지, 사실을 묘사하는 것인지 아니면 자신의 경험을 공유하는 것인지를 분명히 구분해야 한다. 물론 소통 과정에서 상대방이 자신의 역할을 이상화하고 있는지, 문제 해결을 위해 도움이 필요한지, 부정적 정서를 해소하고 싶은지도 관찰할 수 있다. 이를 위해서는 마음을 다해 경청해야 한다.

3. 서로에 대한 '이상화' 타파하기

어릴 적 우리는 장난감이나 반려동물 또는 상상 속 놀이 친구와 이야기하는 것을 좋아했다. 그들은 자신의 생각에 따라 반응을 보이기 때문이다. 성장한 이후에도 우리는 타인과 소통할 때 상대방이 당연히 그렇게 해야 한다고 생각한다. 이는 상대방을 이상화하는 것으로 그가 나를 포용하고 이해하며 호응해 줘야 한다고 생각한다. 만약 상대방이 그렇게 하지 않으면 우리는 그를 비난하거나 공격하기도 한다.

따라서 관계 속에서 상대방을 이상화하는 것은 두 사람의 원활한 소통에 도움이 되지 않는다. 서로 상대방을 이상화하고 소통 과정이 기대에 미치지 못하면 두 사람 사이에는 심리적 격차가 발생하며 이는 갈등으로 번질 수도 있으므로, 타파하는 것이 무엇보다 중요하다. 가장 먼저 자신의 입장을 명확히 해야 한다. 소통은 두 주체 사이의 상호작용이므로 이상화를 타파하고 진실한 상태를 회복해야만 효과적으로 소통할 수 있다.

소속감이 높을수록 ──── ──── 행복하다

　서로 자양분을 주고받는 관계는 두 사람의 경계가 분명하고 독립적이다. 관계 속에서 받는 관심과 인정은 우리가 사회 환경에 적응하고 있는지를 판단하는 중요한 지표이다. 사회 환경에 잘 적응하고 관심과 수용을 받아 사회적 교류에서 편안함과 즐거움을 느끼는지, 아니면 사회로부터 소외받아 외로움과 불안으로 막막함을 느끼는지를 결정한다.

　'사회적 소속감'이란 사람들이 관계나 집단에서 있는 그대로의 자신을 인정받고 존중받기를 갈망하는 감정적 욕구를 의미한다. 사회적 소속감이 높을수록 행복감도 높아지며, 사회적 소속감이 낮을수록 심리적 고통지수가 증가해 우울증을 앓을 위험성이 크다.

인간은 사회적 동물로 고독을 두려워하고 집단에서 소외되는 것을 두려워한다. 우리는 집단에 수용되기를 갈망한다. 인본주의 심리학자 매슬로의 연구에 따르면, 사람들은 기본적으로 물질적 욕구와 생존 욕구가 충족되면 소속과 사랑을 추구하는 것으로 나타났다. 사회와 연결되어 우정, 가족애, 사랑 등을 유지할 수 있기를 바라며, 관계 속에서 인정받고 사회적으로 수용되기 위해 노력한다. 개인은 집단에 의해 수용되어야만 그 집단에 대한 소속감이 생긴다. 그리고 집단을 위해 기여하고 집단에 속한 모든 사람을 존중하고 아끼며 잠재력을 발휘하여 이상을 실천하기를 원한다.

하지만 많은 사람이 종종 사회적 소속감을 얻지 못한다고 느낀다. 주변에서 흔히 볼 수 있는 예를 들어 보자. 친구 사이인 A와 B가 있다. 어느 날 A가 B에게 도움을 요청했는데, B는 바빠서 A의 요청을 거절했다. 이로 인해 A는 억울함을 느꼈고, 이후 두 사람이 다시 만났을 때 두 사람의 관계는 예전만큼 좋지 못했다. 이 사례에서 두 가지 갈등을 찾아볼 수 있다.

갈등 1: A는 B의 도움을 받지 못해 좌절감을 느낀다. A는 B의 방식과 태도를 분석하고 B의 마음속에 있는 자신의 위치를 평가한다. B의 마음속에서 자신이 중요한 위치를 차지할 수 없음을 발견하면, A는 자기를 보호하기 위해 관계를

단절하는 방식을 선택한다. 이는 일종의 자아 방어 방식
이다.

갈등 2: A와 B의 관계에 균열이 나타난 이후 A는 마음속에 많은
분노가 쌓일 정도로 자기 내면의 나쁜 일면을 B에게 끊
임없이 투사하고, B는 교류할 가치가 없는 사람이라 여
기며 관계를 단절하기로 마음먹는다. B가 A에게 좌절
을 겪도록 만들었기 때문에 A는 마음속으로 B와 대립
각을 세운다. 이러한 투사는 관계를 매우 취약하게 만
든다. A는 B를 자기 주체의 객체로 간주한다.

철학자 마르틴 부버Martin Buber는 "우리가 사람과 관계를 맺는 것
은 나와 너의 관계일 때도 있지만, 절대다수의 사람이 맺는 관계
는 나와 그의 관계이다. 여기서 '그'는 우리가 투사한 한 사람일
가능성이 크며, 우리는 자신이 투사한 그 사람과 관계를 맺는다."
라고 말했다.

우리는 민감하게 자신을 보호하고 싶어 하고, 타인을 자기 생
각대로 만들어 내는 것을 당연하게 생각한다. 이로 인해 우리는
관계에서 멀어지고 무리에서 벗어나려 하며, 사회적 소속감을 얻
을 수 없게 된다. 이는 아마도 생애 초기의 경험과 관련이 있다.
가령 남존여비 사상이 강한 집안에서 딸로 태어나 줄곧 무시당하
며 자라왔다면 자아를 평가절하고 가치감을 느끼지 못한다. 마

치 달팽이 유형의 사람이 상처받을 것 같으면 바로 회피하면서 껍데기 속으로 숨어 버리는 것과 같다. 자신의 요구를 어떻게 말해야 할지 막막해진다.

　인간관계에서 고립 문제가 있음을 깨닫는다면 이러한 고립 상태를 깨뜨릴 방법을 강구해야 한다. 먼저 교류하고 싶은 대상을 선택한 다음 그 사람과의 관계를 점진적으로 구축한다.

⋮

관계를 맺기 위한 5단계

　일반적으로 관계를 맺기 위해서는 5단계를 거쳐야 한다. 이 단계를 따라가며 더욱 돈독한 관계를 만들어 보자.

　1단계: 낯선 사람에게 인사하기
　낯선 사람에게 먼저 인사를 건네 보자. 그런 다음 "오늘 날씨 정말 좋네요.", "식사하셨어요?" 등 일반적인 화제로 이야기를 나눈다.
　2단계: 상대방에게 요청해 보기
　상대방을 초대하여 상호작용을 시작한다.
　3단계: 특정한 사건에 대한 견해와 의견 공유하기

최근 온라인상에서 화제가 되는 사건에 대해 친구와 이야기를 나눈다. 단, 의견 충돌로 상호 간의 감정이 상하지 않도록 대화의 기술이 필요하다.

4단계: 자기감정 표현하기

자신의 원칙, 마지노선, 기대, 호불호를 보여 준다.

5단계: 서로 비밀과 진정한 자아 공유하기

이렇게 하면 우리는 친밀한 관계를 맺으면서 상호 간의 신뢰도를 높일 수 있다.

우리는 사회적 소속감을 추구한다. 다만 솔직하고 진솔한 방식으로 타인과 연결되어야만 타인이 우리를 수용하고 인정해 줄 수 있으며, 이를 통해 사회적 소속감을 얻을 수 있다. 일상생활에서 지나가다 보이는 풍경을 사진으로 찍어 친구와 공유하기, 친구와 함께 맛집 탐방하기, 가족과 함께 공원, 박물관, 도서관 방문하기, 오랫동안 연락이 끊겼던 친구와 통화하기, 친구의 SNS에서 '좋아요' 누르기 등을 해 보자. 이렇게 생활 속 작은 행동으로도 사회생활에 적극적으로 융합될 수 있다.

사회적 교류를 먼 곳에서 찾을 필요도 없고, 자신과 타인을 가혹하게 만들 필요도 없다. 주변 사람의 은혜에 감사하고 자신을 도와준 사람에게 진심으로 "고맙습니다."라고 말한다. 이렇게 하면 관계를 통한 자양분을 느낄 수 있고 주변 환경과 연결되기 시작하면서 사회적 소속감이 생긴다.

현대 사회에서 갈수록 많은 사람이 '사회 불안 장애'를 앓고 있으며, 말없이 홀로 핸드폰을 만지작거리는 것이 편하다고 생각한다. 가상 세계에서의 인간관계도 사실은 새로운 소통 방식을 이용하여 사회적 소속감을 느끼는 하나의 방법이다. 하지만 사회가 아무리 발전하고 소통 방식과 연결 방식이 다양해지더라도 마음을 활짝 열고 실제 관계 속에서 자양분을 얻어야만 오랫동안 갈망해 온 사회적 소속감을 얻을 수 있다.

:

SNS 속에서 나의 사회적 이미지 만들기

SNS는 일종의 사회적 환경이다. 우리가 SNS에 게시한 콘텐츠는 우리가 보여 주고 싶은 사회적 이미지로 개개인의 개성을 분석하는 가장 직접적인 자료로 활용될 수 있다. 개인의 심리 활동과 심리 상태를 직관적으로 보여 준다고 해도 과언이 아니다. SNS 콘텐츠가 긍정적이면 사람들은 당신이 진취적이며 믿을 만한 사람이라고 생각한다. 반대로 SNS에 불평 아니면 욕설이 섞인 콘텐츠를 올린다면 사람들은 당신이 믿을 만한 사람인지 의심하게 된다.

마이크로소프트 AI 빅데이터 조사로 사람들의 SNS 검색 키워드를 통해 한 사람의 빅파이브Big Five 성격을 추론할 수 있었다. '빅파이브 성격'은 심리학에서 성격을 서술하는 데 사용하는 분류 도구로, 기업에서 인재 채용이나 직원 심리를 평가할 때 자주 사용된다. 빅파이브 성격은 인격의 다섯 가지 특징인 외향성, 친화성, 신경성, 성실성, 개방성으로 정리할 수 있다.

'외향성'은 열정, 사교성, 과단성, 활동성, 모험성, 낙관성 등의 특징을 보인다. 점수의 높고 낮음은 각각 두 가지 서로 다른 행동 표현을 의미한다. 즉, 사교적인지 사교적이지 않은지, 가벼운지 엄숙한지, 감정이 풍부한지 감정을 잘 드러내지 않는지 등이 있다. 일반적으로 귀여운 동물이나 엽기적인 표정의 이모티콘을 좋아하는 사람들이 외향성을 보이는 것으로 추측할 수 있다.

'신경성'은 초조, 적대, 억압, 충동, 연약함 등의 특징을 보인다. 해당 항목의 평가는 정서가 안정적인지를 판단하는 데 사용될 수 있다. 이에 해당하는 행위로는 초조함과 평온함, 안전감의 높고 낮음, 자아 연민과 자아 만족이 포함된다. 고급스러워 보이는 이미지를 자주 올리거나 항상 생각하는 모습을 유지하는 사람들이 신경성에 해당될 수 있다.

'개방성'은 상상력, 심미, 풍부한 감성, 창조성, 지혜 등을 통해 드러난다. 이에 해당하는 행위로는 풍부한 상상력과 실용성, 변화 추구와 관례 준수, 자주와 복종이 포함된다.

'친화성'은 신뢰, 이타성, 정직, 겸손 등의 품성을 의미한다. 타인의 냉담과 의심에 직면하더라도 열정, 신뢰의 태도를 시종일관 유지하며 기꺼이 남을 돕는다.

'성실성'은 공정, 능력, 논리성, 직무충실, 자율, 신중함, 억제력 등의 품성을 의미한다. 해당하는 행위로는 질서와 무질서, 신중함과 부주의함, 자율과 의지박약이 포함된다.

외향성 점수가 높은 사람은 홍보나 비즈니스 등 다른 사람과의 교류가 잦은 업무를 맡는 것이 좋다. 신경성 점수가 높다는 것은 정서적으로 안정적이지 못하고 생각이 자유롭다는 것을 의미하므로 이러한 사람은 꼼꼼한 일 처리를 요구하는 업무에는 적합하지 않다.

SNS는 우리와 사회를 연결해 주는 중요한 창구이다. 만약 SNS를 통해 사교의 폭을 넓히고 싶다면 다양한 방법을 시도해 보자. 타인이 당신을 어떻게 대해 주기를 바라는지, 스스로 어떤 모습을 기대하는지 등 이와 관련된 자신의 특징을 SNS에 자주 노출한다. 사람들은 타인의 눈에 자신이 완벽해 보이길 바라지만 세상에 완벽한 사람은 없다. 가끔씩 자조적인 모습을 보이는 사람이 친근하고 재밌게 느껴진다. 왜냐하면 솔직하기 때문이다. SNS에서 빈틈없고 똑똑하며 이성적인 이미지를 만들고 싶더라도 적당히 투덜거리기도 하고, 기쁨과 슬픔 등 자신의 소소한 감정을 표현하는 것도 필요하다. 이렇게 하면 사람들은 당신의 이성적인 모습이 고민을 통해 보이는 진솔한 모습임을 알고 거리감을 느끼지 않는다.

좋은 관계를 유지하려면 경계를 지킬 필요가 있다. 타인의 경계 침범을 거절함과 동시에 타인의 경계를 침범하지 않도록 주의한다. 개인적인 감정과 비밀을 SNS에 공유하는 것은 권장하지 않는다. 또한 삶에 대한 긍정적인 태도를 보여 주는 것도 효과적이다. 삶은 거울과 같아서 당신이 웃으면 같이 따라 웃고 당신이 울면 같이 따라 운다. 순수하고 긍정적인 태도를 통해 우리는 삶의 긍정에너지를 얻을 수 있다. SNS를 통해 다른 사람에게 긍정에너지를 전달한다면 당신도 그들로부터 인정과 호감을 얻을 수 있다.

행복한 관계를 만드는 소통

실전 편

04 ㅇㅇ 나와 어떻게
잘 지낼 수 있을까

자기부정의 소용돌이에서 ─── ──── 벗어나기

　　후배 C는 전형적인 자기부정을 보여 주는 인물이다. 그의 집안은 남존여비 사상이 강했다. 오빠는 승부욕이 강하고, 아버지는 욱하는 성미가 있으며, 엄마는 초조함과 두려움을 안고 살았다. 후배는 가정에서 사랑과 관심을 받은 경험이 극히 드물었다. 유일하게 자신에게 잘해 주는 엄마도 항상 눈썹을 찡그리며 마음에 들지 않는 부분을 일일이 지적했다. 엄마는 항상 C의 단점만 주시하면서 끊임없이 노력하고 개선할 것을 요구했다. 그래서 후배는 자신이 제대로 못한다고 생각했고 끊임없이 자신을 부정했다. 칭찬을 받아도 항상 자신에게 과분하다고 생각했다. 칭찬을 부정했고 그렇게 잘하지 못한다며 자신을 설득했다.

나르시시즘의 다른 얼굴

일반적으로 자기를 부정하고 나면 자신을 찾지 못하며 고통, 우울, 무력감 심지어 증오와 같은 부정적 정서에 휩싸인다. 자기부정을 하는 사람은 자아와의 관계에 문제가 발생한다.

자기부정은 나르시시즘 욕구를 충족시키는 것이기도 하다. 대부분 자신을 부정하는 것은 스스로 더 잘할 수 있다고 생각하거나 더 완벽해지기를 바라기 때문이다. 하지만 우리 모두는 크고 작은 결함을 가지고 있기 마련이어서 이러한 격차로 인해 초조감이 유발된다.

나르시시즘에는 일반적으로 생각하는 자아도취와 자신의 완벽함에 대한 지나친 관심뿐만 아니라 자신을 나쁜 사람 또는 가치 없는 사람이라고 여기는 부정적 나르시시즘도 포함한다. 부정적 나르시시즘 상태에 장기간 노출된 사람은 타인에게 전혀 관심을 보이지 않으며 자신에 대한 타인의 태도와 견해에만 관심을 보인다. 타인과 관계를 맺을 때 타인을 주체의 객체로 여기며 자신의 생각을 통해 타인을 만들어 낸다. 이는 개인의 성장 배경과 깊은 연관이 있다. 즉, 성장 과정에서 자신에 대한 불만족스러운 신호와 피드백을 끊임없이 받아온 것이다. 만약 이러한 상태에 빠지게 된 원인을 스스로 깨닫지 못하고 적절히 해결하지 못한다면 계속해서 '난 쓸모없는 사람이야. 남들에게 골칫거리, 짐만 될 뿐이야.'라는 생각에 사로잡히게 된다. 또한 타인의 기분이나 비위를 맞추는 행동을 보이거나 타인에 대한 자신의 희생을 끊임없이 강조하게 된다.

누구나 성장 과정에서 지나친 요구나 과도한 기대를 받은 경험이 있을 것이다. 타인의 기대와 요구를 충족하지 못했을 때 주변 사람들은 실망스러운 눈빛을 보내기도 하고, 심지어 감정적으로 거리를 두거나 벌을 내리기도 한다. 이로 인해 우리는 무언가 잘해야만 허용받고 수용될 수 있다고 인식한다. 그래서 자신에게 더 잘해야 한다고 요구한다. 이러한 요구를 달성하지 못하면 끊임없이 자기를 부정하게 된다.

:

자기부정의 다양한 원인

내재적 관계 유형에서 모두 자기부정의 상황이 나타날 수 있다. 하지만 각각 다른 내재적 원인을 갖고 있다.

달팽이 유형이 자기를 부정하는 이유는 타인의 사랑을 잃을까 봐 두렵기 때문이다. 의존성이 강한 달팽이 유형은 항상 자신의 부족함으로 의존적 상태가 유지되지 못할까 봐 걱정한다. 그래서 타인의 평가에 따라 자신을 바꾸고 타인의 시선 속에서 살아간다. 달팽이 유형은 자아 존재감이 취약하며 스스로 사랑받을 자격도, 타인의 사랑을 소유할 자격도 없다고 생각한다. 따라서 타인의 눈빛, 표정 심지어 어쩌다 뱉는 한마디를 모두 '내가 부족하다'는 의미로 해석한다. 이들은 해결이 필요한 문제에 직면하면 곧바로 "난 안 돼. 난 할 수 없어."라고 반응한다.

타조 유형은 자신이 완벽하지 못하다는 생각에 자기를 부정한다. 이들은 완벽한 상태여야만 자신 있게 타인을 대할 수 있다고 생각한다. 따라서 어떠한 일의 결과가 기대에 미치지 못하거나 인간관계에서 편안함이나 즐거움을 느끼지 못할 때 마음속에 부정적인 감정이 생겨날 수 있다.

캥거루 유형은 타인에게 긍정적인 피드백이나 인정을 더 많이 받고 싶어 한다. 반대의 경우에는 자신을 부정한다. 이들은 자기 부정에 빠지면 적격한 보호자가 될 수 없으며, 타인을 돌봐 주거나 타인의 바람을 들어주는 일도 완수할 수 없게 된다. 캥거루 유형은 타인을 위해 희생할 때 항상 타인을 부정하는 말을 먼저 꺼낸다. 예를 들면 "집을 이렇게 어지럽히기만 하고, 또 내가 치워야 하잖아."라고 말한다. 이때 상대방이 "나도 치울 수 있어."라고 대답한다면 캥거루 유형은 이를 부정의 뜻으로 받아들여 자신이 사회적으로 가치가 없다고 느낀다. 따라서 줄곧 자신을 부정하며, 심지어 자신의 희생까지 부정해 버린다. 이럴 때는 "정말 고

생이 많네. 네 덕분이야."라는 대답으로 이들의 마음을 어루만져
준다.

산비둘기 유형은 대부분 외로움을 느낄 때 자신을 부정한다.
다른 사람들이 다정하게 대화를 나누고 있는데 자신만 끼지 못하
면 사회적 소속감을 잃어 스스로 소외됐다고 느낀다. 그리고 "내
가 사람들과 어울리지 못하는 건가? 나는 사람들의 환영을 받지
못하는 사람인 건가?"라며 자기부정을 한다.

⋮

자기부정에서 벗어나는 방법

자기부정의 소용돌이에서 벗어나고 싶다면 다음의 세 가지 방
법을 참고하길 바란다.

1. 자신의 내면을 점검한다

점검이란 어떠한 상황에서 자신을 부정하는지, 자신을 부정할
때 어떤 느낌이 드는지 기록하는 것이다. 자기부정은 일종의 심
리적 학대이다. 특히 일이 잘못됐다고 느꼈을 때 내면에서 자신
을 반복적으로 공격하고 심지어 학대의 쾌감을 느끼기도 한다.
이는 자기 가치감의 결핍을 보여 주는 것이다. 자신의 내면을 깊

이 들여다보고 기록하는 것은 자기부정의 이면에 있는 감정을 알게 하고 이러한 감정을 느끼는 것이 합리적인지 분석하는 데 도움이 될 수 있다. 점검할 때는 전문 심리상담사나 정신과 의사의 도움을 받아야 한다.

2. 자신을 있는 그대로 받아들인다

내재적 관계 유형 사이에 우열은 없다. 우리가 내면의 감정을 보호하고 사회관계에 적응하기 위해 모색해 내는 방식이다. 우리는 누구나 자신의 내재적 관계 유형을 가지고 있으며, 자신이 어떤 유형인지 인지할 필요가 있다.

달팽이 유형인 한 여성은 자신이 잘하지 못해서 남자친구가 더 이상 자기를 좋아하지 않을까 봐 두렵다고 했다. 나는 그녀에게 '남자친구에게 당신의 고민을 털어놓을 수 있는지'를 물었다. 그러자 그녀는 "남자친구에게 털어놓으면 저를 싫어할까 봐 두려워요."라고 대답했다. 나는 한번 시도해 볼 것을 권고했고, 그녀는 내 조언에 따라 눈 딱 감고 남자친구에게 고민을 털어놨다. 그녀의 고민을 들은 후 남자친구는 활짝 웃으며 이렇게 말했다. "이 바보야, 이미 알고 있었어. 난 네가 어떤 사람인지 잘 알고 있어. 내가 좋아하는 건 진짜 너야." 이후 그녀는 자기 내면의 두려움을 직면했으며, 더 이상 두려움으로 자신을 부정하지 않게 되었다.

때로는 엄격하고 가혹한 부모의 이미지를 내재화하여 자신의 일부로 만들기도 한다. 이로써 우리의 내면에는 어린아이인 자신과 엄격한 부모라는 두 이미지가 존재하여 부모와 자식 간의 모습이 재현될 수 있다. 이때 우리는 과거 상처받았던 경험이나 좌절을 느꼈던 경험이 재현될지라도 반드시 직면하고 해결해야 한다. 만약 이러한 모습이 지속된다면 습관적으로 자기부정을 할 수 있다. 무시와 회피는 이러한 부정적 힘을 잠재적 위험으로 만든다. 속박에서 벗어나려면 이를 직면하고 타파해야 한다.

3. 양극화된 사고를 버린다

'양극화된 사고'란, 모 아니면 도, 좋은 것 아니면 나쁜 것이라고 생각하는 사고방식을 일컫는다. 이는 우리가 습관적으로 사용하는 사고방식이다. '이렇게 하는 게 잘못됐다면 반대의 방법을 사용했다면 잘 되지 않았을까?', '이렇게 표현하는 게 좋지 않았다면 다른 말로 바꿔서 말하면 더 좋은 평가를 받지 않았을까?' 사실 이렇게 생각하는 것은 비합리적인 사고방식이다. 마치 현실에 맞지 않는 낡은 생각을 어리석게 고집하는 것처럼 문제를 해결하기는커녕 오히려 더 큰 문제를 낳을 수 있다.

자기부정은 '걱정'을 만든다. 그래서 우리는 있는 힘을 다해 이 상태에서 벗어나려고 한다. 하지만 심리학적 측면에서는 이러한 걱정을 완전히 '부족한 점 또는 나쁜 점'으로 보지 않는다. 예를 들어, 어떤 사람이 겁이 많아서 자신을 부정한다고 하자. 하지만 겁이 많다는 것은 신중하다는 뜻이기 때문에 오히려 화를 모면할 수도 있다. 현재의 부적응을 초래한 심리적 특징을 '고쳐야 하는 결점'으로 여기는 것은 심리 상태에 대한 오해이다. 이를 양극화된 사고방식이라고 하며 자신을 부정하는 표현이다.

'자신을 부정'하는 생각을 완전히 바꿔야 한다고 스스로 강요할 필요는 없다. 이러한 생각은 우리가 순조롭게 성장하고 살면서 겪는 비난과 좌절 속에서 균형을 잡을 수 있도록 도와주므로 자신의 성장에 큰 의미가 있다.

자아에 대해 새롭고 더욱 전면적인 인지가 생겼을 때 성장 과정에서 겪는 좌절을 되돌아보고 정리하며 그동안의 심리적 스트레스를 해소할 수 있기를 기대한다. 사실 내면을 점검하면서 자기부정의 원인과 표현을 알게 되면 그동안 짊어지고 있던 스트레스를 해소할 수 있으며, 내면의 성장도 이룰 수 있다. 우리는 자신의 인생을 바꿀 수는 있지만, 타인을 변화시킬 수는 없다.

이해받지 못할수록 ——————
————— 외로워진다

우리는 외로움을 자주 느낀다. 혼자 있을 때도 외로움을 느끼고, 시끌벅적한 모임에서도 외로움을 느낀다. 때로는 이 세상이 우리를 외롭게 만드는 것이 아니라 무의식중에 자기 스스로 외로운 세상을 만들어 내기도 한다. 심리학적 측면에서 보면 타인과의 연결이 단절됐을 때 우리는 깊은 외로움에 빠진다.

:

나의 외로움은 어떤 유형일까?

일반적으로 인간의 외로움은 대략 세 가지 유형으로 구분할 수 있다.

첫째, 관계에서 느끼는 외로움이다. 외로움이 관계 속에서 나타나는 경우가 있다. 예를 들어, 중병을 앓고 있는 사람이 병원에 입원했을 때 가족과 친구들이 관심을 보이면 바로 옆에서 돌봐주는 사람이 없더라도 외로움을 느끼지 않는다. 그런데 가족과 친구들이 관심을 주지 않는다면 외로움을 느끼게 된다. 곁에 믿을 만한 사람이 없거나 함께 있어 줄 사람이 없을 때 외로운 감정이 올라온다.

외로움은 누구나 태어나면서부터 대처해야 하는 문제이다. 이 세상에서 마음이 통하는 사람을 만나게 될 확률은 매우 낮다. 일란성 쌍둥이조차도 성장 과정에서 경험하게 되는 감정이 서로 다르다. 그러므로 우리의 감정을 완전히 이해해 줄 수 있는 사람도, 우리 감정을 대신해 줄 수 있는 사람도 없다. 타인과의 교류 과정에서 이렇게 이해받지 못하는 감정이 강렬할수록 외로움도 커진다. 타인과 관계를 맺음으로써 외로움에 대처할 수 있다. 관계를 맺은 후 신뢰, 하소연, 반응, 공감은 우리가 타인의 이해를 받는 데 도움을 주며, 이에 따라 외로운 감정도 약화된다.

둘째, 자아 선택적 외로움이다. 인간관계를 기피하고 자발적인 아웃사이더가 되는 사람들도 있다. 시끌벅적한 모임에서 구석에 앉아 몸을 숨기거나, 단체활동에 참여해서 혼자 자신만의 세계에 빠져 무리에 어울리는 것을 거부하는 경우가 있다. 어떤 사람은 사교활동이나 사람과의 교류가 싫고 혼자 집에 있는 것이 좋다며 스스로 외로운 감정을 즐긴다고 말한다. 이때의 외로움은 고독을 의미하지 않는다. 곁에 아무도 없을 때 외로움을 느낄 수는 있지만, 고독하다고 해서 반드시 외로움을 느끼는 것은 아니다. 만약 독서, 음악감상, 글씨 연습 등 현재 상황에 몰입한다면 곁에 아무도 없더라도 안정적인 객체 관계와 자기 신념을 가지고 있어 분명 외로움을 느끼지 않을 것이다. 만약 계속해서 친구에게 언제 도착할지 물어보고 끊임없이 문자를 보내 위치를 확인하며, 이로 인해 초조함과 걱정을 느낀다면 그 사람은 외롭고 내적 소모가 있는 사람이다.

셋째, 성장을 위한 외로움이다. 인생의 단계마다 우리는 홀로 감내해야 하는 일들이 있다. 그렇기 때문에 곁에 가족과 친구들이 있어도 외로움을 느낄 수밖에 없다. 삶에는 한계가 있고 스스로 많은 일을 해결할 수 없다는 사실을 알게 되면서 우리는 성장하기 위해 외로움을 느낀다.

한 아이가 물 위에 떠 있는 보드를 타는 영상을 본 적이 있다. 처음에는 엄마가 옆에서 잡아주다가 나중에는 손을 놓았다. 두려움을 느낀 아이는 눈물을 머금으며 이를 꽉 물고 계속해서 앞으로 나아갔다. "차츰 삶의 모든 걸음을 스스로 걸어가야 한다!"라는 영상 속 내레이션이 인상적이었다. 외로움을 느끼는 것은 우리가 성장 과정에서 반드시 겪어야 하는 경험일지도 모른다.

:

외로움은 어디서 비롯될까?

내재적 관계 유형마다 외로움이 생기는 원인은 제각각이다.

달팽이 유형이 외로움을 느끼는 이유는 감정적인 연결고리가 부족하기 때문이다. 가령 이 유형의 사람은 의지할 데가 없다는 생각이 들 때 강한 외로움을 느낀다. 이들은 다른 사람에게 의지하는 것으로 안전감을 얻는다. 타조 유형이 느끼는 외로움은 마치 '사람들이 다 취해 있는데 나만 혼자 깨어 있다'라고 하는 것과 같다. 그들은 자신이 이해받지도 못하고 지지도 부족하며, 타인을 도울 수도 없다는 마음이 들 때 강한 외로움을 느낀다. 또한 타인과 관점을 공유하면서 상대방의 인정을 받지 못할 때도 외로움을 느낀다.

캥거루 유형은 내면에 지나치게 많은 일과 스트레스를 짊어지고 있는데 자신을 이해해 주는 사람이 없다고 생각되면 외로움을 느낀다. 또한 습관적으로 타인을 돌보면서 강해야 하기 때문에 타인에게서 동정과 돌봄을 받고 싶어 하지 않는다. 반면 다른 사람을 돌보는 감정을 즐기면서도 자신을 돌봐주는 사람이 없다고 한탄하는 모순적 태도를 보인다. 그래서 스스로 원망하며 후회한다. 산비둘기 유형은 자아 차단에 능하고 다른 사람과 친밀한 관계를 맺는 동력이 부족하기 때문에 외로움을 느낀다. 앞서 언급한 것처럼 이 유형은 이익 관계를 중시한다. 사실 이들은 이익을 추구하면서 동시에 타인과 관계를 맺는 것도 갈망한다. 단지 이러한 갈망을 깊이 숨기고 있을 뿐이다. 이들은 이러한 심리적 격차로 인해 외로움을 느낀다.

⋮

외로움에 대처하는 네 가지 방법

외로움이 우리에게 나쁜 경험만을 주지는 않는다. 성장을 위해서는 외로움이 필요하다. 하지만 자신이 외롭다는 것을 발견하면 괴로움, 열등감 또는 수치심을 느끼며, 외로움에서 벗어나 타인과 연결될 수 있기를 바란다. 다음의 네 가지 방법을 통해 내면의 외로움에 대처해 보자.

1. 외로움을 재인식하기

외로움과 고독은 다르다. 외로움은 우리와 평생을 함께하지만, 고독한 상태는 환경 변화에 따라 달라질 수 있다. 외로움을 느끼면 어떻게 해야 할까? 사실 이는 존재성 체험으로 우리가 죽을 때까지 함께한다. 따라서 우리는 삶의 단계마다 외로움이 존재하며 이를 제거할 수 없으며, 마주하고 수용해야 한다는 사실을 분명히 알아야 한다.

사람들은 자신을 이해해 주는 사람이 없어서 외로움을 느낀다고 생각하는 인지적 오류에 빠질 때가 많다. "외로움을 느낄 때가 있어요. 늘 나를 진정으로 이해해 주는 사람이 없다는 생각이 들어요."라고 말하는 사람들이 있다. 그런데 이렇게 말하는 순간 그들은 마음이 가벼워지는 것을 느낀다. 어쩌면 우리 인생도 이와 마찬가지일 것이다.

자신의 외로움을 입 밖으로 꺼내 보자. 타인의 공감을 이끌어 내고 타인의 이해도 얻을 수 있으리라. 이렇게 하면 타인과 연결 고리를 갖게 되고 외로움에서 벗어날 수 있다. 이 밖에 자신을 개발하면서 사교의 폭을 넓힐 수 있는 취미를 찾는 방법도 있다. 물론 이 과정에서 혼자 있는 외로움을 즐길 수도 있다. 하지만 외로움에 휩쓸려 스스로 감정의 늪에 빠지는 일이 없도록 해야 한다.

2. 자아를 조절하고 변화하기

만약 외로움을 감당하기 어렵다면 현재 상태를 조절하고 변화를 주어야 한다. 한 내담자는 "다른 사람에게 연락이 오기를 절실히 바랄 때가 있어요. 계속 휴대폰을 보고 있지만 연락을 주는 사람이 없어요."라고 하소연했다. 나는 그녀에게 "사실 당신은 많은 일을 할 수 있어요."라고 말해 주었다. 그러자 내담자는 믿을 수 없다는 듯 "제가 뭘 할 수 있는데요?"라고 물었다. 나는 "간단해요. 다른 사람에게 전화를 거는 거예요."라고 말했다.

3. 정서적 지지를 찾는다

외로울 때는 외부로부터 정서적 지지를 받아야 한다. 어느 날 지인인 D는 자신이 친구들로부터 인정받고 있는지 알고 싶었다. 그래서 하루는 친구들에게 "내가 갑자기 어려워져서 돈을 빌려 달라고 한다면 얼마나 빌려줄 거야?"라고 물었다. 친구들은 각자의 마음을 표현했고, 그는 더 이상 외롭지 않다고 느꼈다. 정서적 지지를 받고 있음을 느낄 수 있었기 때문이다. 내가 어려움에 닥쳤을 때 나를 도와줄 사람이 있다는 것은 바로 정서적 지지를 받을 수 있다는 의미이다. 혼자 있더라도 안전감을 얻을 수 있다.

4. 자신을 동정하지 않는다

우리는 관계 속에서 자신을 피해자로 여기는 경향이 있다. 외로움을 느끼면 사회를 탓하고 남을 탓하며, 외부 요인 때문에 이러한 감정이 나타난 것이라고 생각한다. 이때 우리는 더 깊은 외로움을 느낀다.

객관적으로 보면 인간이 외로움을 느끼는 상황에는 두 가지가 있다. 하나는 직접적으로 감지하는 경우이며, 다른 하나는 외로움에 대처하는 방식으로 인해 나타난다. 어떤 방식은 마치 악순환처럼 외로운 감정을 더욱 깊어지게 한다. 외로움을 해소하려면 자신을 가엽게 여기거나 동정하지 않아야 한다. 내면의 외로움을 해소하는 가장 좋은 방법은 외로움을 올바르게 인지하고 자신을 있는 그대로 받아들인다. 또한 내면을 풍성하게 만들고 타인과 서로 자양분을 얻을 수 있는 선순환 관계를 맺는다.

열등감 때문에 ——————
—————— 우월감을 추구한다

여성 L은 두 친구가 자신을 괴롭게 만들어서 힘들다고 했다. 그
녀의 친구 A는 한밤중에 자주 전화를 걸어 "일이 안 풀렸어.", "남
자친구가 나쁜 행동을 했어." 등등 일상에서 제 뜻대로 되지 않은
일에 대해 불만을 쏟아냈다. L이 업무가 바쁘거나 다른 일을 처리
하느라 전화를 받지 못해 나중에 전화를 걸면 친구 A는 "전화 왜
안 받았어, 내가 말하는 거 듣기 싫어?"라며 원망을 쏟아냈다. 그
럴 때마다 그녀는 어떻게 설명해야 할지 몰라 그저 웃으며 사과
하고 친구 A의 고민거리로 화제를 돌렸다. 그녀는 자신이 친구 A
인생의 중대사를 모두 아는 산증인이라고 말했다.

친구 B도 마찬가지로 직장이나 가정에서 무슨 일만 생기면 바
로 L을 찾아와 하소연했다. 그녀는 항상 인내심을 갖고 친구들의
하소연을 듣고 위로해 줬지만, 내면에서는 '얘네는 내 감정 따위

는 전혀 신경 쓰지 않고 감정 쓰레기를 나한테 버리고 있잖아. 안 좋은 일만 생기면 내 얼굴이 떠오르는 거야? 내 얼굴에 감정 쓰레기통이라는 글씨라도 쓰여 있는 거냐고. 더 화나는 건 내가 어려울 때 얘네한테 도와달라고 부탁했는데 아무도 도와주지 않았다는 거야. 정말 서운해. 진짜 마음에 안 들어.'라며 분노했다.

상담실에서 그녀는 "얘네 때문에 미쳐 버릴 것 같아요. 내 친구들은 왜 이 모양일까요?"라며 울분을 토했다.

사람들은 부정 에너지를 가진 친구를 멀리해야 한다고 입버릇처럼 말한다. L에게 있어서 친구 A와 B는 부정 에너지를 가진 친구에 해당한다. 그들은 삶에 대한 온갖 불만으로 가득 차 있고, 굉장히 부정적인 정서를 가지고 있다. 그녀는 두 친구와 함께 있으면 자신의 감정이 소모된다는 것을 느끼면서도 이러한 우정을 7년이나 유지했다. 그런데 그녀가 아직까지 그 친구들과 절교하지 않은 이유는 그들을 통해 자신의 모습을 비춰 보고 이를 참고하여 자신의 결점을 고치며 삶을 직시할 수 있었기 때문이다. 또한 친구들과의 비교를 통해 '너희는 참 힘들게 사는구나. 난 정말 편하게 사는데.', '너희는 무슨 일이 생기면 쩔쩔매지만 난 침착하게 돌발상황을 해결할 수 있어.'라는 생각에 우월감을 느꼈을 수도 있다.

우월감은 어디에서 오는가?

사람들은 왜 항상 무의식적으로 우월감을 드러내는 것일까? 그건 대부분의 사람이 타인의 평가를 의식하고 타인에게 인정받고 싶어 하기 때문이다. 사람들은 늘 열등감을 느끼기 때문에 사회적 상호작용을 통해 가치감을 얻으려 한다. 아들러에 따르면, 사람은 자신을 더 뛰어나게 만들고 싶고 더 나은 삶을 영위하고 싶어 하기 때문에 정도는 다르지만, 누구나 열등감을 가지고 있다는 것이다. 이 세상은 넓고 인간의 생명은 매우 작고 연약하다. 우리는 자신의 상태에 대해 쉽게 불만을 느끼거나 아무리 노력해도 할 수 없는 일들이 있다는 사실을 깨달으면 열등감이 저절로 생긴다.

우월감과 열등감은 상호 보완적이다. 자아에 부족함과 결함이 있다고 느끼기 때문에 우월감을 추구한다. 자신의 부족한 부분을 일부러 강조하려는 사람들이 있는데 이로 인해 그들은 초조함과 열등감을 느낀다. 이때 열등감에 대처할 수 있는 가장 좋은 보상 방식은 우월감을 얻는 것이다. 성장 과정에서 늘 부정당하고 의심받고 트집 잡히거나 타인의 기대에 부응하지 못했다면 '막막함, 무력감, 쓸모없음'이라는 정서적 소용돌이에 빠지고, 내면의 열등감이 커진다. 그래서 자신을 치켜세우고 타인을 비하하며 상대방을 끊임없이 부인하는 것으로 심리적 균형을 얻으려 한다. 하지만 감정 해소는커녕 오히려 이러한 상호작용에서 얻은 허황된 우월감에 깊이 빠진다. 예를 들어, 승부욕이 강한 사람은 항상 남을 이기고 싶은 마음에 다른 사람을 압도하려고 선수 치는 경우가 많다. 이렇게 조급해하는 이유는 내면의 열등감으로 인해 자신에게 목표를 달성할 수 있는 능력이 있음을 믿지 않고 자신이 강하다는 것을 외적인 행동을 통해서만 보여 줄 수 있다고 생각하기 때문이다.

서른 살이 되기 전, 나 역시 그랬다. 당시 나는 자신감이 부족했고 늘 타인의 시선을 의식했다. 남들 앞에서 우월감을 과시하고 이를 통해 타인에게 인정받길 원했다. 항상 모든 사람에게 내가 잘한다는 것을 증명해 보이고 싶었다. 하지만 이러한 우월감 때문에 오히려 갈 길을 잃어버렸었다.

그렇다면 열등감으로 촉발되는 우월감은 어떻게 나타나는 것일까? 네 가지 내재적 관계 유형을 통해 자세히 분석해 보고, 적시에 자아 감정을 조절할 수 있도록 이를 확실히 인지해 보자.

타조 유형은 자아 감정이 양호한 편이며, 안팎으로 우월감을 발산한다. 그리고 다른 사람에게 자신이 정말 대단한 사람이라는 이미지를 보여 주고 싶어 한다. 또한 타인에게 칭찬을 받으면 우월감이 더욱 높아진다. 그러나 열등감이 생기면 우월감을 얻고 싶은 마음에 일부러 다른 사람을 깎아내리거나 환심을 사려고 기발한 주장을 내세우며 자신이 남들보다 뛰어나다는 것을 강조한다. 캥거루 유형은 타인과 관계 맺는 것을 좋아한다. 이들은 먼저 타인에게 우호적인 신호를 보내 자기 쪽으로 끌어들인 다음, 사람들이 경계심을 풀면 무의식적으로 "너희들은 내가 없으면 어떻게 하려고 그러니!"라며 우월감을 드러낸다. 사실 캥거루 유형은 내면에 타인이 자신을 떠날까 봐 불안해하며, 타인이 자신을 가치 없는, 있으나 마나 한 존재로 여길까 봐 걱정한다.

달팽이 유형은 주로 더 많은 사람에게 사랑과 보살핌 그리고 포용을 받는 것으로 우월감을 드러낸다. 이 목적을 달성하기 위해 그들은 환심을 사고, 약한 모습을 보인다. 이로써 가족이나 친구의 걱정을 불러일으키고 이들이 곁에 머물면서 세심하게 자신을 신경 쓰도록 만든다. 달팽이 유형은 이러한 '의존 상태'를 통해 주변 사람을 통제하고 타인의 마음속에서 자신이 이토록 중요하다는 내면의 우월감을 얻는다. 산비둘기 유형은 상대적으로 겸손한 편으로 특별히 무언가를 내보이지 않는다. 하지만 특정 상황에서 자신의 성취에 대해 얘기할 때가 있다. 그들은 재산이나 사업 등에서 얻은 성취를 통해 우월감을 느끼는 경우가 많다. 그리고 인간관계에서 유리한 위치에 놓이는 것을 좋아한다. 냉정하고 이성적인 모습을 보이며 이익을 강조하는데, 이는 자신의 취약함을 보호하기 위한 목적이다.

열등감과 우월감의 균형 잡기

우월감을 추구하는 것은 인간 본성이지만 지나치게 추구하는 것은 뼛속 깊은 열등감 때문이다. 열등감이 높은 사람일수록 외적인 것을 추구한다. 그렇다면 어떻게 해야 이 두 가지 감정의 균형을 맞출 수 있을까? 다음 두 가지 방법을 참고해 보자.

1. 삶의 의미에 관심을 가진다

성숙한 공동체 의식은 우월감을 얻는 데 도움을 준다. 열등감에서 벗어나기 위해 끊임없이 자신을 개발하고 더 큰 창의력을 발휘하는 사람들은 특정 분야에서 뛰어난 인물이 되어 사회와 타인을 행복하게 만든다. 가령 아들러는 어려서부터 몸이 약해 자주 아팠고 구루병도 앓았다. 다섯 살 때는 심각한 폐렴에 걸렸으며 학창 시절에는 지능에 문제가 있다고 여겨졌다. 하지만 그의 이러한 경험들은 그가 생명, 자아, 열등감에 대해 깊이 사고할 수 있게 했고, 이를 바탕으로 그가 제시한 이론은 미망에 빠진 사람들을 이끌어 주었다. 우월감을 추구할 때 우월감과 공동체 의식을 잘 결합한다면 인생의 의미 있는 부분에서 적지 않은 성취를 이룰 수 있다.

2. 불완전한 자신을 받아들인다

어떤 사람들은 성공을 추구함으로써 내면의 열등감을 보상하기도 한다. 자신의 장점을 필사적으로 발휘하여 본래 존재하는 단점을 가리려는 것과 마찬가지다. 이러한 방식을 통해 자신의 단점을 메꾸려 하지만, 이미 존재하기에 무시할 수 없는 것들도 있다. 마치 깨지기 쉬운 유리병을 안고 북적거리는 군중 속을 걷고 있는데 유리병이 깨질까 걱정스러운 마음에 여기저기 숨어버리곤 한다. 따라서 우월감으로 열등감을 해결하는 것은 열등감을 더욱 심화시킬 수 있다. 왜냐하면 열등감을 진정으로 이해하고 수용하지 않았기 때문이다.

과거의 나는 열등감이 높은 사람이었다. 항상 남보다 뛰어나야 한다고 생각했다. 어느 날, 나의 열등감을 받아들이고 나니 마음이 한결 편안해졌다. 나를 온전히 수용하는 것과 필사적으로 우월감을 추구하는 것은 확연히 다르다. 나를 수용한다는 것은 내가 안착할 수 있음을 의미하며 그래야만 일어설 기회를 맞이할 수 있다. 그렇지 않으면 줄곧 마음이 붕 떠서 극한 피로를 느낄 수밖에 없다. 불완전한 자신을 받아들이고 삶의 불완전성을 직시하여 열등감에서 벗어나자. 또한 허황된 우월감을 제대로 바라보고 진실한 자아를 보여 줌으로써 내면의 평화를 되찾자.

상실 없이는 ──────
────── 성장도 없다

    자신의 상태를 '상실'이라는 말로 표현하는 사람이 늘어나고 있다. 출근하기 싫어서 일을 엉망으로 하고, 연애하기 싫어서 연인과 문제가 생겨도 해결하지 않으며, 자신이 좋아하는 일을 계획하고도 그만둬 버린다. 상실은 의욕이 없는 상태로 깊이 빠져들면 스스로 빠져나오기 힘들고 '포기'상태로 자신과 타인 그리고 삶을 대한다.

    상실이라는 말을 들으면 부정적인 감정이 느껴지며, 보편적으로 부정적 어감의 단어라고 생각한다. 그런데 사실 이 단어는 우리가 모르는 아주 흥미로운 심리적 의미를 내포하고 있다.

'상실'의 심리적 의미

현대 사회에서 우리는 빠른 생활 리듬에 적응하고 거대한 업무 스트레스를 견뎌내야 한다. 하지만 인간은 쉼 없이 움직이는 기계가 아니기 때문에 모든 것을 내려놓고 쉬고 싶을 때가 있다. 미래를 향해 끊임없이 나아가던 발걸음을 멈추고 그저 되는 대로 살기 시작하면 세상에 대한 호기심도 사라져 버린다. 이때의 나는 너무 피곤해서 자아 에너지가 점점 약화되고 있음을 느낀다.

상실은 일종의 자아 방치이다. 방치와 포기는 다르다. '포기'란 더 이상 추구하지도 않고 나아갈 힘도 부족해서 어떤 것에도 흥미를 느끼지 못하는 상태다. 그런데 '방치'는 자기 일관성을 실현하기 위해 잠시 영혼을 '유배'하고 몸을 비우는 것을 의미한다.

한 내담자는 자신의 목표나 신념을 추구할 때는 에너지가 넘치고 생명력이 솟아나지만 목표 달성이 불가능하다는 사실을 알게 되면 바람 빠진 풍선처럼 방향도 잃고 에너지도 사라지는 것을 느꼈다고 했다. 당시 그가 느낀 감정은 '상실'이다. 하지만 이것은 그가 더 이상 노력하지 않겠다는 뜻이 아니다. 그저 지금 일어난 일로 인한 부정적 감정에서 잠시 벗어나고 싶은 마음에 자아 '방치'를 선택했을 뿐이다.

상실은 '사라졌음'을 나타내기도 한다. 한 친구가 다른 사람과 동업해 회사를 설립한 적이 있다. 그는 업계 선두주자가 될 것이라며 자신감을 보였지만, 회사에 불미스러운 일이 생겨 경영진에서 쫓겨나고 말았다. 그 일로 큰 상실감에 빠졌고 앞으로 무엇을 해야 할지 갈피를 잡지 못했다. 무력감과 막막함 속에서 그는 상실이라는 감정을 경험했다.

흔히 상실과 잃음은 함께 연결되곤 한다. 상실의 원인은 보통 잃음의 결과와 떼려야 뗄 수 없는 관계이다. 분석심리학에서는 상실에 대해 우리가 어떤 물건을 잃어버리거나 어떤 사람과 연락이 두절됐을 때, 이러한 현상을 받아들이지 못할 때 상실감을 느낀다고 한다.

⋮

인간관계 유형별 '상실'의 모습

상실을 내재적 관계 유형으로 분석해 보면 각각의 인간관계에 따라 서로 다른 모습을 보인다.

달팽이 유형은 타인과의 관계를 굉장히 신경 쓴다. 친밀한 관계가 갑자기 사라지거나 자신이 신경 쓰던 사람이 삶에서 사라질 경우, 즉 신뢰 관계 또는 믿었던 사람이 사라지면 부정적인 모습을 보이면서 상실 상태에 빠진다. 만약 이를 대신할 수 있는 관계나 다시 연결될 수 있는 믿을 만한 사람을 찾지 못한다면 그들은 더욱 부정적이고 무기력하게 변해 버린다. 타조 유형은 항상 우월감으로 가득 차 있다. 그래서 자부심을 느끼게 해 주는 것이 사라지면 자신의 자존심이 의지할 곳을 잃었다고 생각한다. 이에 깊은 상실감에 빠진다.

캥거루 유형은 보살핌의 대상이 사라지면 상실감을 느낀다. 이는 많은 어머니에게서 뚜렷하게 나타난다. 자신의 모든 관심을 자녀에게 쏟아부었는데 자녀가 성장한 후 점차 독립하면서 더 이상 어머니의 전방위적인 보살핌에 의지하지 않고 모체와 분리된 모습을 보이기 시작하면 어머니는 큰 상실감에 휩싸인다. 산비둘기 유형은 항상 타인에게서 이익을 얻으려 한다. 주변에 이익을 얻을 만한 대상이 없다는 사실을 발견하면 의기소침해진다. 그들은 협력관계에 있어서 상대방이 더 많은 이익을 양보해 주기를 바라며, 그렇지 않을 경우 목표를 잃은 듯한 기분을 느끼며 상실 상태에 빠진다.

⋮

상실의 괴로움에서 벗어나기

상실의 괴로움에서 벗어나려면 어떻게 해야 할까? 세 가지 방법이 있다.

1. 새로운 대상을 찾는다

'잃는' 것으로 상실을 느끼면 목표, 동력, 욕망이 모두 사라져 버린다. 따라서 이 과정에서 우리는 새로운 목표를 세울 필요가 있다. 새로운 목표를 추구함으로써 삶과 타인에 대한 흥미를 다시 회복할 수 있다.

앞서 언급했던 내담자는 취미로 평소 울트라맨 피규어를 수집했다. 그저 어린 시절 결핍에 대한 위안이자 보상 행위였다. 하지만 이 취미는 그에게 새로운 영감과 업무 목표를 가져다줬다. 그는 울트라맨 중국 저작권자를 찾아가 공동소유권을 얻었을 뿐만 아니라 울트라맨 파생상품 창작 작업에도 투입됐다. 이로써 잃어버린 자신감을 되찾을 수 있었다.

상실이 느껴질 때 잠시 멈추고 주변을 둘러보자. 스스로 다양한 시도를 해 보고 새로운 목표를 세워 자신감을 되찾아 보자. 이를 통해 삶에 대한 통제력과 성취감을 얻고 정서적으로 무기력한 시기를 무사히 넘겨 보자.

2. 사실을 받아들이고 삶의 상실감과 마주한다

상실감은 영원히 슬픈 감정이다. 상실 앞에서 우리는 아무것도 할 수 없을 때가 많다. 가족의 죽음도, 연인과의 이별도 막을 수 없다. 곧 닥치게 될 실패를 만회하는 것도 불가능하다. 상실은 우리가 반드시 겪어야 하는 경험이며 반드시 감내해야 하는 감정이다. 모체로부터 분리된 그 순간부터 우리는 평생 분리와 상실 속에서 성장해야 하는 운명에 놓인다. 상실 없이는 성장할 수 없다.

때론 상실의 감정이 자연적인 불가항력에서 비롯되기도 한다. 자연 앞에서 우리는 언제나 작고 무력한 존재이다. 인생이란 희로애락으로 가득한 여정이지만 부정적인 감정만을 강화할 수는 없다. 만약 이러한 상실감이 강화되면 스스로 피해자 역할에 빠져 헤어 나오지 못하고, 심지어 피해자의 신분으로 살아가며 세상을 대한다.

우리는 상실감을 느끼면 누군가가 도와주기를 바란다. 하지만 우리를 도울 수 있는 것은 나 자신뿐이다. 스스로 딛고 일어나야 한다.

3. 해결할 수 없다면 우회하는 것도 방법이다

때로는 아무리 노력해도 이룰 수 없는 일들이 있다. 혹은 내면의 콤플렉스를 쉽게 떨쳐내지 못할 때가 있다. 그럴 땐 '우회'하는 것이 필요하다. 몇 년 전 한 내담자가 우울한 상황에 대처하는 방법을 공유해 준 적이 있다.

"저에게 우울증은 구멍과 같아요. 예전에는 빠지면 나오지 못했지만, 지금은 그 구멍의 존재를 알고 있기 때문에 피해 갈 수 있어요. 설령 빠지더라도 발버둥 치지 않고 잠시 주의를 돌려 감정을 추스른 다음에 스스로 빠져나와요."

세상에는 노력만으로 이룰 수 없는 일도 있다. 그렇기 때문에 우회하는 방법을 익힐 필요가 있다. 성공과 인정을 받는 방법은 한 가지만 있는 것이 아니다. 지금 이 길이 통하지 않는다면 더 많은 시간과 노력을 투자하여 새로운 길로 걸어갈 수 있다. 그렇다고 얻는 것이 줄어들지는 않는다.

심리학자들은 불안에 대처하는 가장 좋은 방법이 바로 불안을 버리는 것이라고 말한다. 상실 상태에 빠지면 겉으로 드러나는 표상보다는 그것이 내보내는 신호에 더 많은 관심을 기울여야 한다. 피곤함을 느낀다면 가만히 누워 쉬는 것도 괜찮다. 추구하는 목표가 아직 마음속에 남아 있다면 잠시 휴식을 취하는 것도 나쁘지 않다. 나에게 숨통을 틔울 기회와 시간을 주고 가끔은 상실의 감정을 허용해 주자. 중압감을 해소할 수 있는 통로가 마련된다면 우리는 삶에 대한 추구를 완수할 수 있는 더 큰 힘을 얻을 수 있다.

완벽주의자를 위한 ———
——— 조언

　'완벽'은 사실 이상화된 상태를 말한다. 완벽에 대한 정의는 사람마다 다르지만, 자신이 기대하는 완벽에 영원히 도달할 수 없다는 공통점이 있다. 그러니 완벽 추구를 통해 만족감과 행복감 대신 좌절감과 고통을 느낄 때가 많다.

　사람들이 완벽을 추구하는 이유에는 세 가지 중요한 심리적 의미가 내포되어 있다.

　첫째, 완벽한 객체를 추구하기 위해서다. '주체'는 한 사람에게 속하는 의식과 잠재의식의 심리로 '나'를 의미한다. '객체'란 정서 에너지가 투사된 대상을 의미한다. 그 대상은 사람, 장소, 사물, 생각 또는 기억이 될 수도 있으며, 사랑, 증오 또는 그 외의 감정이 정서 에너지로 투사될 수 있다. 객체를 추구하는 것은 인류 행위의 원동력이며, 완벽한 객체는 모든 사람의 마음을 사로잡는다.

우리가 아름다운 사물이나 완벽한 관계를 기대하는 것처럼 완벽한 객체는 완벽한 세상을 투사한다. 주관적으로 보면 완벽한 객체를 추구하는 것은 우리 자신의 정서와 감정을 돌보기 위한 경우가 많다. 가령 우리가 원하는 대로 집을 꾸미고 싶을 때 이러한 목표를 추구하는 과정에서 우리는 즐거움을 느낀다. 하지만 목표를 이루지 못하면 실망하게 되고 심지어 분노까지 느낀다. 여기서 우리가 마음속으로 기대했던 이상적인 집이 바로 '아름다운 객체'이다.

우리는 세상이 자신을 중심으로 돌아가야 한다고 인지한다. 하지만 이는 우리의 인지적 편견일 뿐이다. 인지적 편견은 일찍이 영아기, 즉 생후 18개월 이전부터 이미 존재해왔다. 그 당시 우리는 자신이 세상과 하나라고 생각했으며, 성장하면서 자신과 자신 이외의 세상을 구분할 수 있게 되었다. 그러나 대뇌에는 사물을 이상화하는 경향이 있어서 우리는 영아기의 정서적 의존 대상을 점점 이상화하게 되었다.

둘째, 자기부정의 방식에 대처한다. 앞서 '자기부정의 소용돌이에서 벗어나기'에서 우리는 자신이 더욱 완벽할 수 있다고 생각하거나 더욱 완벽할 수 있기를 바라기 때문에 자신을 부정하는 경우가 많으며, 완벽한 자신을 만들기 위해 노력한다는 사실을 알 수 있었다. 그러나 이러한 노력이 헛수고가 될 때도 있다. 이는 자아에 대한 정확한 인지가 부족하여 취하게 되는 자기부정에 따른 초조함을 해소하는 방식이다. 마치 "내가 성공하지 못한 이유는 좋은 기회를 만나지 못했기 때문이야.", "나처럼 뛰어난 인재를 알아봐 주는 사람을 아직 만나지 못했을 뿐이야."라고 말하는 것과 같다. 이러한 말들은 방어기제가 가동된다는 것을 의미하며, 현실 생활과 인간관계에서 마주하는 좌절을 방어하는 데 도움이 된다.

셋째, 완벽을 추구하고 타인의 관심과 사랑을 갈망한다. 우리는 내면 깊은 곳에서부터 타인의 인정과 관심을 갈망한다. 자신이 사랑받을 가치가 없다는 생각이 들면 불안감을 느끼고, 심한 경우 허무함과 두려움까지 느낀다. 이러한 생각은 과거 경험에서 비롯되며 그 경험은 안 좋은 기억으로 남아 있을 가능성이 크다. 우리는 자신이 부족하기 때문에 그러한 대우를 받았다고 생각한다. 그래서 완벽한 사람이 되어야만 타인에게 인정과 사랑을 받을 수 있다고 여긴다. 이에 따라 끊임없이 완벽을 추구하는 과정이 시작된다.

완벽한 객체와 완벽한 나를 추구하는 것은 줄곧 실현하지 못한 우리 마음속 바람이다. 겉으로는 적극적으로 노력하며 자신에게 엄격한 것처럼 보이지만 우리가 초조하고 불안하다는 것을 의미하기도 한다. 아무리 노력해도 이룰 수 없는 일들이 있다는 것을 우리는 알지도 못하고 인정하지도 않는다. 그래서 자신이나 이 세상이 완벽하지 않다는 사실을 발견하면 자신에 대한 부정이 더욱 심화된다. 이때 우리는 내면의 불안을 위로하지 않고 늘 초조함 속에 놓여 있다.

완벽을 추구하는 다양한 방식

내재적 관계 유형마다 완벽을 추구하는 과정에서 나타나는 자신에 대한, 관계에 대한 인지가 각각 다르다.

달팽이 유형에게 완벽 추구란 '완벽한 타인이나 완벽한 환경 등 완벽한 객체를 추구하는 것'을 의미한다. 이는 달팽이 유형이 온전히 자신이 생각하는 방식대로 자신을 대해 주는 사람이 있기를 갈망하는 마음을 보여 준다. 그들은 관계 속에서 완벽을 추구하며, 이러한 완벽은 타인을 향하고 있다. 타조 유형은 완벽 추구를 멈춘 적이 없다. 이는 타조 유형이 자존심을 지키는 방식이다. 그들에게 리더가 되는 것은 완벽 추구의 동력으로 작용할 수 있다. 또한 자신이 영향력 있는 사람이라고 굳게 믿고 있다. 그들이 추구하는 완벽은 자신을 향하며 완벽한 자신을 드러낼 수 있기를 바란다.

캥거루 유형이 추구하는 완벽이란 '완벽한 능력'을 말한다. 그들은 타인의 요구를 모두 충족시키고 싶다. 그들은 자신이 초능력자가 되어 모든 사람을 돌볼 수 있기를 바란다. 산비둘기 유형이 추구하는 완벽이란 '완벽한 이익과 완벽한 협력자'이다. 그들은 완벽 추구 과정에서 난관에 봉착하면 상대방이 이익을 포기하고 자신의 이익을 충족시켜 주기를 갈망한다. 그리고 자신이 모든 것을 얻을 수 있기를 바란다.

⋮

완벽을 추구하는 딜레마에서 벗어나기

우리는 완벽 추구가 내면의 나쁜 경험을 없앨 수 있는 좋은 해결 방법이라고 오해한다. 하지만 또 다른 고통을 안겨 준다는 사실을 어렵지 않게 발견할 수 있다. 이러한 고통스러운 감정을 조절하기 위해 다음의 세 가지 방법을 참고해 보자.

1. 내면의 완벽한 객체 타파하기

이 세상에는 '상대적'으로 완벽한 객체만 존재할 뿐 절대적으로 이상화된 객체는 존재하지 않는다. 우리는 자신도 모르게 '완벽'에 대한 기대에 빠져 있다. 배우자는 완전무결해야 하며, 자녀는 가장 뛰어나야 하고, 상사나 관리자는 절대 실수하지 않으며, 자신의 심미적 관점은 흠잡을 데가 없어야 한다고 생각한다. 하지만 현실에서는 완벽하지 않은 것이야말로 정상적인 삶의 모습이다. 완벽하지 않은 것이 정상적인 삶의 모습이지만 그래도 여전히 상호 간에 자양분을 주는 관계, 특정 부분에서 자신과 잘 맞는 파트너, 인격적으로 독립된 아이, 상호 존중하는 부모, 경영 능력을 갖춘 리더 등등 객체에 대해 합리적인 기대를 걸 수 있다. 내면의 완벽한 객체를 타파해야만 완벽한 객체가 없다는 사실을 받아들일 수 있다.

사실 완벽한 객체를 타파하는 것은 자아중심주의를 타파하고, 타인과 사회 그리고 세상 모두 각각의 특성과 발전 법칙이 있으며, 우리 뜻대로 변하지 않는다는 사실을 인식하는 것을 의미한다. 다양한 관점으로 세상을 바라본다면 우리가 세상과의 관계를 재정립하는 데 도움이 된다.

2. 우리는 모두 완벽하지 않다

우리는 자신이 완벽에 도달할 수 없음을 분명히 알면서도 고의로 자신을 혹사시키며 끊임없이 자신을 부정할 때가 있다. 괴로움이 느껴지면 대화할 수 있는 상대를 찾아서 현재 자신의 상태와 자신의 생각, 자신이 느낀 낙담과 좌절, 자신이 걱정하고 우려하는 것에 대해 이야기해 보자. 이 과정에서 자신이 감당하고 있는 스트레스를 해소할 수 있을 뿐만 아니라 진정한 자아도 확실히 인지할 수 있다. 대화 상대는 친구나 가족이 될 수도 있고 전문 심리상담가가 될 수도 있다. 대화를 통해 내면의 초조함을 내려놓을 수 있으며 진정으로 세상과 마주할 수 있다. 진정한 인간관계 속에서 우리는 생각만큼 좋지도 나쁘지도 않은 진짜 자신을 바라볼 수 있다.

3. 완벽 추구에 대한 잘못된 신념 바로잡기

실패했을 때 위험한 것은 실패한 사실이 아니라 실패에 대한 비합리적 신념과 생각이다. 사실 완벽 추구는 전형적인 비합리적 신념이다. 자신과의 대화를 통해 이러한 신념을 바로잡을 수 있다. 먼저 비합리적이면서 고통을 느끼게 하는 생각을 리스트로 작성해 본다. 예를 들면 다음과 같은 것이다.

'반드시 면접을 통과해야 해. 그렇지 않으면 난 실패자야.'
'반드시 완벽한 배우자를 찾아야 해. 그렇지 않으면 난 행복해질 수 없어.'
다음으로 이러한 생각에 대해 반박한다.

'이건 무슨 논리인 거지?'

'생각대로 되지 않으면 내 삶이 엉망이 될까?'

'이런 일들이 반드시 일어날까?'

'나를 좋아하지 않는다/나는 행복할 수 없다/나는 쓸모없다는 것을 증명할 수 있는 증거가 있을까?'

마지막으로 합리적인 새로운 신념을 재설정한다.

'면접 결과는 성공과 실패 두 가지 가능성이 있다. 성공한다고 해서 반드시 더 나은 삶을 살게 되는 것도 아니고, 실패한다고 해서 내 능력이 부족하다는 것도 아니다.'

'행복은 결혼뿐만 아니라 자아실현, 친구, 가족을 통해서도 느낄 수 있다. 자신에게 적합한 배우자를 기대할 순 있지만 완벽한 배우자는 없다.'

○

세상에는 노력만으로 이룰 수 없는 일도 있다.
그렇기 때문에 우회하는 방법을 익힐 필요가 있다!

○

05 ∞ 가족, 가장 가깝지만
상처도 주고받는

종로에서 뺨 맞고 ──────
────── 가족에게 눈 흘긴다

밖에서는 좋은 사람으로 평가받지만 가까운 사람들에게는 자주 짜증을 내고 화를 내는 사람들이 있다. 한번은 대학 강연에서 한 여학생이 자신의 집안 상황을 이야기했다. 그녀의 아버지는 다른 사람에게는 매우 친절했지만, 가족 앞에서는 비난을 쏟아내고 큰소리를 치는 '폭군'으로 변했다. 마치 타인이 가족이고, 가족이 자신의 원수인 것처럼 말이다.

《포춘》 글로벌 500대 기업에서 강연할 때 인사담당자인 한 여성이 고민을 털어놓았다. 일할 때는 동료들로부터 친절하다는 평가를 받는데 이상하게 집에만 가면 엄마가 말만 걸어도 짜증이 나고 엄마 말이 모두 잔소리처럼 느껴진다는 것이다. 그러면서 부모님이 연세도 있으시고 좋은 것이 있으면 가장 먼저 자신을 챙겨 주는 것을 알기에 양심의 가책이 느껴진다고 했다. 그녀도 자신이 왜 이러는지 이해할 수 없다고 했다.

⋮

두 얼굴의 이면에 있는 심리적 원인

누구나 위 사례와 비슷하게 행동한 적이 있거나 대우를 받은 적이 있을 것이다. 가족에게 쉽게 짜증을 내는 사람들이 많다. 이러한 정서의 이면에는 깊은 심리적 원인이 있다.

늘 좋은 사람이 되고 싶다는 생각에 타인에게 환심을 사려는 사람이 있다. 사회적으로 좋은 사람이라는 이미지를 유지하려고 노력하면 사회적 자원을 얻고 환경에 적응하기가 더욱 쉬워지기 때문이다. 그래서 가족 이외의 다른 사람을 대할 때 비위를 맞추거나 환심을 사려고 한다. 하지만 타인의 환심을 사려면 에너지가 소비되고 이는 내적 스트레스를 낳는다. 이렇게 쌓인 스트레스를 어딘가에는 풀어야 하므로 사회관계에서 벗어나 가족과 마주하면 자신도 모르게 혹독한 비난자가 되어 짜증을 내고 화를 내게 된다.

어떤 사람들은 심리적 측면에서 내면적으로 자신을 인정하지 않기 때문에 사회적 관계에서 좋은 사람이라는 이미지를 유지하고 싶어

한다. 타인의 부정적 평가를 두려워하고 타인이 자신의 가치를 인정해 주지 않는 것을 두려워한다. 그래서 타인의 비위를 맞추고 환심을 사는 것으로 높은 평가를 받고 싶어 한다. 이로 인한 스트레스와 불안은 가족에게 전가되고, 무고한 가족이 전부 뒤집어쓰게 된다.

이들에게 가족은 '안전한' 존재이므로 '퇴행' 현상을 보인다. '퇴행'은 심리적 방어기제 중 하나이다. 이는 좌절을 느끼면 성인으로서 처리 방식을 버리고 아이의 방식으로 좌절과 스트레스를 처리하는 것을 말한다. 교통법규를 위반하여 경찰에 붙잡혔을 때 성인의 처리 방식은 상황을 이해하고 실수를 인정하며 그에 따른 책임을 지는 것이다. 반면 아이의 처리 방식은 울거나 억지를 부리는 것이다. 퇴행 현상이 나타난 사람은 가족을 대할 때 특히 부모를 대할 때 자신이 이성적이고 부모와 동등한 성인임을 망각한 채 어리광을 부리고 의존적이며 제멋대로인 모습을 보인다.

인간은 잠재의식을 통해 가족은 안전한 존재라는 정보를 전달받는다. 우리는 성장 과정을 통해 가족은 언제나 가족이며 무슨 일이 생겨도 이 관계는 변하지 않을 것이고 가족이 나를 떠나지 않을 것임을 알고 있다. 그런데 다른 사람들은 나의 특정 언행 때문에 나를 떠날 수 있으며 나에게 상처를 줄 수도 있다.

사람들은 환경에 적응하기 위해 많든 적든 사회적 가면을 쓰고, 이를 통해 자신의 솔직한 감정을 억누르고 숨긴다. 하지만 가면을 오래 쓰고 있으면 피곤해진다. 그래서 집으로 돌아가면 가면을 벗어던지고 스트레스를 풀며 가족으로부터 사회적 관계에서 얻지 못했던 감정인 관용과 지지를 얻고 싶어 한다.

하지만 가족이라고 해서 맹목적인 관용과 지지를 얻을 수 있는 것은 아니다. 만약 가족 관계에서 항상 불편함이 느껴진다면 그 관계는 통제와 요구의 유형일 가능성이 크다. 가령 엄마는 어떻게든 아이를 먹이려 하고, 아이는 이미 배가 불렀거나 먹고 싶지 않지만, 엄마는 그래도 아이에게 먹으라고 한다. 겉으로 보기에는 엄마가 아이를 위하는 것 같지만 실상은 엄마가 아이를 통제하려는 것이다. 엄마는 아이가 자신의 생각대로 움직여 주길 바란다. 심지어 아이에게 "네가 많이 먹으면 엄마가 기쁠 거야."라고 말한다. 엄마의 이러한 행위는 사실 아이의 정서적 가치를 요구하는 것이다. 누구나 이러한 상황에 놓인다면 불편함을 느낄 수밖에 없다.

가족 간의 통제와 요구는 의도적이지 않으며 이를 이해하지 못하는 상황에서 가족을 통제하여 가족 관계를 더욱 악화시키기도 한다.

:

가족에게 짜증을 표현하는 방법

내재적 관계 유형에 따라 가족에게 짜증을 표현하는 방법도 각각 다르다.

달팽이 유형은 남에게는 우호적이고 가족에게는 짜증을 내는 모습을 가장 쉽게 보인다. 의존성이 강한 달팽이 유형은 보통 의존하면서 두려움도 느낀다. 그래서 자신이 의지하는 대상이 안전감을 주고 잘 보살펴 주며 자신의 모든 기대를 충족시켜 주기를 바란다. 하지만 이렇게 완벽하게 맞춰 줄 수 있는 사람은 아무도 없다. 그래서 그들은 실망감과 함께 두려움과 불안을 느끼고 짜증을 표현한다. 당신이 달팽이 유형이라면 완벽한 객체를 추구하는 자신의 상태를 조절해야 한다. 만약 달팽이 유형의 가족이 있다면 가족에게 안전감을 주도록 해야 한다. 가령 달팽이 유형의 엄마가 자녀에게 "지금도 이렇게 말을 안 듣는데, 나중에는 나한테 어떻게 하겠니?"라며 원망을 쏟아 낸다면 자녀는 달팽이 유형의 엄마를 안아 주면서 "나중에 엄마를 모른 척하지 않고 잘 보살필 거예요."라고 말하는 것이 좋다. 이는 안전감을 높일 수 있는 약속이다. 비록 그들이 이러한 약속을 통해 바로 안전감을 얻을 순 없겠지만 그 순간 마음의 위안을 얻어 원망하는 일을 멈출 순 있다. 이때 자녀는 공격적이거나 무시하는 태도를 보이지 않아야 하며 이치를 따지거나 반박하는 것도 자제해야 한다.

　타조 유형도 가족에게 짜증을 자주 낸다. 심리적 자본을 얻음으로써 더 많은 사람에게 존중과 칭찬을 받기 위해 밖에서는 다정한 모습을 보이고 다른 사람에게 많은 도움을 준다. 그런데 집으로 돌아오면 '군왕'의 모습으로 이미지를 바꾸고 심리적 자본을 얻으려고 한다. 가족이 자신의 명령에 복종하고 자신을 위해 서비스를 제공하도록 만든다. 본인이 타조 유형이라면 심리적 자본을 얻는 방식을 조절하여 가족의 가치를 발견하고 가족의 장점과 희생을 확인해야 한다. 만약 가족이 타조 유형이라면 그가 나의 중요성을 발견할 수 있도록 도움을 주거나 성과를 거두었을 때 감사를 표현한다. 이렇게 하면 그들을 더욱 온화하게 만들 수 있다.

　캥거루 유형은 가족에게 짜증을 내는 경우가 드물다. 하지만 자신의 희생이 인정받지 못할 때는 가족에게 짜증을 내거나 자신의 자원을 빼앗는 사람으로 여긴다. 따라서 가족 내에서 캥거루 유형이 돌보는 역할을 맡게 되면 보살핌이 필요한 가족을 부담스러운 짐으로 여기는 한편, 자신의 공과 노력을 끊임없이 강조한다. 그들은 심리적 균형을 되찾을 필요가 있다. 당신이 캥거루 유형이라면 먼저 가족의 경계를 침범하지 않았는지, 가족의 능력을 완전히 무시하고 있는 것은 아닌지 돌아본다. 그런 다음 가족을 놓아주고 믿어 본다. 만약 가족이 캥거루 유형이라면 그의 노고와 가치를 인정해 주고 "당신은 나에게 가장 좋은 사람이에요."라며 감사 인사를 자주 표현하거나 직접 할 수 있는 일이라도 의도적으로 도움을 요청한다. 당연하다는 듯 넘기지 말고 도움을 요청하는 신호를 보내야 한다는 사실을 잊지 않는다. 이때 캥거루 유형은 일을 처리하면서도 잔소리를 하겠지만, 마음속은 기쁨으로 가득할 것이다.

산비둘기 유형은 일반적으로 남에게 친절하고 가족에게 짜증 내는 모습을 보이지 않는다. 왜냐하면 이들은 상대방의 가치와 공헌을 더욱 중요시하고 협력과 윈윈 관계를 맺을 수 있는 방법을 생각하기 때문이다.

:

가족에게 수시로 짜증 내는 당신에게

일반적으로 가족에게 짜증 내는 행태를 '바꾸는' 방법에는 네 가지가 있다.

1. 가족에 대한 인식 바꾸기

이 세상에서 진심으로 나에게 잘해 주고 조건 없이 나를 사랑하며 포용해 줄 수 있는 사람은 그다지 많지 않다. 따라서 나를 사랑해 주는 사람에게 더욱 잘해야 하며, 그들은 더 많은 진심과 인내심을 보여 줄 만한 가치가 있다. 타인과 비교해 우리는 가족과 더 많은 시간을 보내며 더 많은 감정을 투사한다. 가족은 항상 우리를 지지하고 있다는 사실을 잊지 않는다.

2. 가족의 의미를 확인하고 경험하기

우리는 자신의 욕구를 채워 주지 못한다는 이유로, 또는 안정적인 가정환경과 긍정적인 정서적 지지를 제공하지 못한다는 이유로 가족의 결점만 보고 가족을 원망할 때가 있다. 하지만 자신이 기대하는 바와 가족이 나에게 보내는 지지 방식이 다를 뿐, 나를 향한 사랑은 언제나 변함이 없다. 만약 가족과 함께 있을 때 괴로움을 느낀다면 바꿔야 하는 것은 바로 나 자신이다. 왜냐하면 관계에서 괴로움을 느끼는 사람이 변해야 하기 때문이다.

3. 부정적 정서 줄이기

가족에게 짜증을 내는 이유는 타인의 환심을 사면서 받은 스트레스의 균형을 맞추기 위한 것이다. 이러한 스트레스를 해소한다면 더 이상 내면에 불안과 짜증이 생기지 않을 수 있다. 우리가 타인을 조심스럽게 대하는 이유는 상처를 받을까 봐, 경제적 손실을 입을까 봐 걱정되기 때문이다. 사실 동료의 업무 분담 요청이나 친구의 경계 침범 행위는 모두 거절이 가능하다. 사회에서는 누구나 사회법칙을 준수하며 법칙이 정해 놓은 범위 내에서는 거절한다고 해도 자신과 타인의 관계에 영향을 미치지 않는다. 환심을 사거나 억제하는 행동이 줄어든다면 부정적 정서도 줄어들 것이다.

4. 삶에 새로운 의미 부여하기

자신의 사회적 역할에 대한 재인식을 시도해 본다. 주변 사람들에게 자신이 친구인지 아니면 적인지, 가족을 어떻게 이해하고 있는지를 생각해 보는 것이다. 이 질문에 대한 대답이 우리가 어떤 태도를 보여야 하는지를 결정한다. 만약 우리가 가족의 공헌을 긍정하고 가족의 가치를 인정한다면 가족을 대하는 태도도 자연스럽게 바뀔 것이다.

관계는 상호적이다. 난폭한 성격의 가족이 있다면 내 자신이 난폭한 성격의 사람일 가능성이 있지만, 내면에서는 늘 상대방이 변하기를 바란다. 사실 관계에서 가장 중요한 변화는 나로부터 시작해야 한다.

자신이 먼저 변화를 시도한 다음 상대방의 표현이 달라졌는지를 확인해 보는 것이다. 집에서는 고집스러운 부모, 철없는 아이의 모습일지라도 모두 독립적인 인격체이므로 마음대로 변화를 요구할 수 없다. 먼저 나 자신을 조절해 보자.

부모와 나 사이에도 ──────
────────── 지켜야 할 선이 있다

"제가 벌써 서른 살인데 부모님은 왜 아직도 모든 일을 간섭하시는 걸까요. 아이를 돌보는 것까지 알려 주려 하고 저희 집 물건을 마음대로 만지세요. 심지어 제가 택배를 뜯으려 하면 뭘 샀는지 와서 보세요. 제가 남편하고 방에서 중요한 대화라도 나누려고 하면 엄마가 노크도 하지 않고 불쑥 방으로 들어오시는데, 정말 참을 수가 없어요."

한 내담자의 하소연이다. 또 다른 내담자는 자신에 대한 아버지의 사랑이 너무 지나치다고 말했다. 하루에도 몇 번씩 전화를 걸어 어떤 친구를 사귀는지, 어떤 옷을 입었는지 등 사소한 부분까지 물어봤다. 내담자는 귀찮다는 생각이 들었고 뭔가 잘못됐다고 생각했다.

부모에게 세심한 관심을 받으면 스트레스를 받고 난처함과 수

치심을 느끼며 자신의 화를 주체하지 못한다. 하지만 화를 내고 나면 또 죄책감과 괴로움을 느낀다. 이는 많은 사람이 겪는 상황이다. 우리는 부모의 간섭이 귀찮고 부모의 통제에서 벗어나고 싶으면서도 부모의 사랑을 갈망한다.

부모는 자신과 자녀 사이에 경계가 있어야 한다는 사실도, 자녀가 이미 성인이 되었다는 사실도 모르는 것처럼 자녀가 이미 자신과 동일한 성인이라는 사실을 받아들이지 못한다. 사실 부모가 '간섭'하는 이유는 자녀와 함께하고 싶기 때문이다. 자녀와 관련된 모든 일에 관심을 보이고 자녀를 위해 자신이 무엇을 해 줄수 있는지를 생각한다. 심리학에서는 이를 '공생共生'이라고 부른다. 가령 자녀가 괴로워할 때 부모는 이를 즉시 알아차리고 무엇이 억울한지 물어본다. 그리고 자녀의 괴로운 감정 때문에 부모도 괴롭고 초조한 감정을 느낀다. 이것이 바로 '공생관계'이다.

:

공생관계 뒤에 숨은 원인

살면서 자신도 모르게 이러한 공생관계를 묵인하며 부모의 간섭을 허용할 때도 있다. 다시 말해서 부모 간섭에서 벗어나지 못하는 것이다. 그 이면에는 깊은 심리적 원인이 숨겨져 있다.

첫째, 부모의 간섭을 받아들이는 것은 '초자아^{superego}'의 요구이다. '초자아'는 정신분석학파 심리학자인 프로이트가 제시한 개념이다. 프로이트는 인간의 성격 구조를 초자아, 자아, 원초아 세 부분으로 나누었다. 그중 '원초아^{id}'는 가장 원초적인 욕망과 충동으로 쾌락의 원칙을 따르고 모든 욕망이 즉시 충족되기를 바란다. '초자아'는 도덕과 규칙이 학습된 상태로 원초아의 욕망을 억누른다. '자아^{ego}'는 초자아와 원초아 사이의 갈등에서 균형을 유지하며 현실적인 원칙에 따라 욕망을 충족시킬 수 있는 적절한 방식을 찾아낸다. 쾌락을 추구하는 것은 원초아의 욕망인데 초자아는 원초아의 쾌락을 허용하지 않고 노동할 것을 요구한다. 그래서 자아는 생활 계획을 세워 일과 휴식 시간을 계획한다. 또한 노동과 쾌락 사이의 규칙을 만들어 원초아와 초자아의 요구를 동시에 만족시킨다.

우리는 전통문화를 통해 부모를 공경해야 한다고 배웠다. 따라서 초자아도 이 원칙을 고수하며 부모님 말씀에 순종할 것을 우리에게 요구한다. 하지만 자유로운 원초아는 구속받는 것을 싫어한다. 만약 자아가 이 둘 사이의 관계를 제대로 조정하지 못한다면 우리는 부모의 간섭이 귀찮다고 느끼면서 동시에 자책감에 빠질 것이다. 초자아를 잘 따르는 사람일수록 수동적으로 부모의 간섭을 쉽게 받아들인다. 설사 불편함이 느껴지더라도 인내와 수용을 선택한다.

둘째, 완벽을 추구한다. 우리는 자신의 의지대로 하면서도 부모에게 인정도 받을 수 있는 완벽한 역할을 맡고 싶어 한다. 다시 말해서 타인의 평가체계와 자신의 평가체계가 완전히 일치하기를 바란다. 하지만 이러한 완벽한 상태는 실현 불가능하다. 따라서 부모의 평가와 자신의 평가가 어긋나면 간섭을 받는다는 생각이 들고 불편함을 느낀다. 그러나 나는 여전히 부모의 인정을 갈망하고 부모로부터 자신의 행위를 인정받기 위해 노력한다. 이것이 끊임없이 반복된다. 또 한편으로는 자신도 완벽한 부모를 추구한다. 내가 부모를 필요로 할 때 내가 기대하는 방식으로 나를 대해 주기를 바란다. 그래서 우리는 부모가 완벽한지를 끊임없이 검증하고 기대에 부응하지 못하면 부모를 부정한다.

셋째, 부모에게 의지하는 자신을 의식하지 못한다. 부모가 반대하는 연애를 계속 이어 가야 할지 고민하는 사람들이 종종 있다. 그때마다 나는 '부모의 돈이 필요하다면 연애를 그만두고, 연애를 이어 가고 싶다면 부모의 돈을 받을 생각을 하지 말라'고 조언해 준다. 뼈 때리는 말처럼 들리겠지만, 이것은 우리와 부모 사이의 경계를 확실히 할 수 있는 가장 직접적인 방식이다. 부모에게 금전적 지원을 요구하면서 온전한 자유까지 달라고 하는 것은 불가능하다. 이는 완벽한 부모와 자식 간의 관계가 아니라 통제와 요구에 해당한다. 사실 우리는 늘 부모에게 요구하면서 의지하고 있다. 부모의 간섭을 불편해하면서도 아무 말 없이 받아들이는 것은 우리의 잠재의식이 이러한 의존적 관계를 유지하도록 만들고 있기 때문이다.

:

관계를 망치기 전에 선 긋기

어떻게 하면 간섭에서 벗어나 부모와의 사이에 적절한 경계를 설정할 수 있을까? 다음의 방법을 참고해 보자.

1. 부모에게 솔직한 모습 보여 주기

우리는 부모에게 기쁜 소식만 전하고 걱정거리는 말하지 않을 때가 있다. 이것이 책임감 있는 표현이라고 생각하지만 사실 일종의 공격이다. 걱정거리를 말하지 않는 것은 타인이 걱정에 따르는 결과를 감당하지 못할까 봐 두려운 것이며, 타인에 대한 그리고 관계에 대한 불신을 보여 준다. 부모가 우리를 비난하지 않고 우리에게 실망하지 않을 것임을 믿지 못하고, 부모에게 우리를 도와줄 수 있는 충분한 능력이 있음을 믿지 못하는 것이다. 방어나 대항하는 상태인 이러한 불신은 부모를 공격하는 것에 해당한다.

부모에게 자신의 솔직한 모습을 보여 주면 부모는 오히려 안심하며 더 이상의 추측이나 걱정을 하지 않는다. 부모의 지나친 간섭은 불안감의 표현이다. 부모는 우리에게 있는 그대로의 상황을 이해하고 우리가 처한 어려움을 알고자 하며 우리와 기쁨을 나누고 싶어 한다. 만약 우리가 먼저 나의 감정과 생각을 공유한다면 부모는 우리가 방해받고 싶지 않을 때 경계를 침범하지 않을 것이다. 따라서 부모와의 경계를 설정하는 첫 단계는 바로 부모에게 자신의 솔직한 모습을 보여 주는 것이다.

2. 정서의 본질을 파악하고 자아 조절하기

과도한 간섭을 받은 후 사람마다 느끼는 감정은 저마다 다르며 그에 따라 나타나는 정서도 각각 다르다. 이러한 정서의 본질을 파악하면 경계를 더욱 명확하게 설정하는 데 도움이 될 수 있다.

달팽이 유형은 타인에게 보살핌을 받고 싶어 하기 때문에 부모의 간섭을 가장 쉽게 받는다. 만약 자신에게 필요한 간섭이라고 생각한다면 기꺼이 받아들이고 편안함을 느끼지만, 자신에게 필요하지 않은 간섭이라고 생각한다면 괴로움을 느낄 수 있다. 하지만 이 유형은 독립을 원하지만 의존에 대한 욕구를 멈출 수 없어서 갈등에 휩싸인다. 이러한 갈등에서 이들은 균형을 잡기 위해 취사선택을 할 필요가 있다.

캥거루 유형은 자녀를 간섭하는 부모가 되는 경우가 많다. 자기 부모를 대할 때는 부모의 간섭을 자신에 대한 요구라고 생각한다. 만약 부모의 요구를 만족시키지 못하면 억울함을 느끼고 자신의 능력이 부족하다고 생각한다. 이 유형은 부모의 긍정적인 피드백을 관찰하고 수집해야 하며 부모의 생각과 감정을 존중해야 한다. 부모 몰래 물건을 사 주는 것이 깜짝 선물이 되지 못하는 경우도 있고, 부모와 소통하고 논의하면 더 좋은 효과를 볼 수 있다는 사실을 알아야 한다. 또한 부모의 모든 요구를 만족시킬 필요가 없다고 자신을 일깨워 줘야 한다.

타조 유형은 간섭을 받으면 수치심을 느낀다. 부모 간섭이나 권고를 개인적 가치에 대한 부정이라고 생각하며 자신의 심리적 자본을 파괴하는 것이라고 여긴다. 그들은 기쁜 소식만 전하고 걱정거리는 말하지 않는 것을 가장 선호한다. 왜냐하면 부모의 칭찬을 받고 싶고 부모에게도 완벽하고 뛰어난 모습을 보여 주고 싶기 때문이다. 따라서 이 유형은 먼저 자신의 인식 전환이 필요하다. 부모가 자신을 부정하는 것이 아님을 인식한 다음 자신의 솔직한 모습을 보여 주는 것이 좋다.

산비둘기 유형은 기본적으로 간섭받는 상황이 나타나지 않기 때문에 여기서는 언급하지 않겠다.

3. 자립하기

자신의 일을 스스로 결정하고 싶다면 의존 상태에서 벗어나 진정한 성인으로 거듭나야 한다. 누군가 당신의 사업을 위해 자금과 자원을 제공한다면 자연스럽게 당신의 업무에 대해 의견을 제시할 것이다. 그렇지 않다면 상대방은 당신의 일에 간섭할 권리가 없다. 마찬가지로 가정에서도 부모로부터 다양한 형태의 자원을 제공받고 있다면 부모의 가르침에서 벗어날 수 없다. 진정한 자립을 이루어야만 심리적으로 부모와 동등해질 수 있으며, 부모의 권고를 자녀에 대한 걱정으로 이해하고 반드시 만족시켜야 하는 요구로 보지 않는다. 진정한 자립을 이루어야 부모와의 관계가 성인과 성인 간의 동등한 관계가 될 수 있다.

생각이 다른 부모와 ─────
───── 소통하는 법

고향 친구 R은 내게 부모님과의 갈등을 자주 털어놓는다. 그는
자신의 감정을 조절하지 못하거나 각자의 원칙에 얽매여 부모님
과 원활하게 소통할 수 없는 것이 속상하다고 말했다. 또 다른 친
구 H는 애니메이션 디자인 일을 하는데, 부모님은 그의 직업을
못마땅해하며 수입이 안정적인 직업을 찾기를 바라셨다. 하지만
친구는 부모님의 생각에 동의할 수 없어 팽팽하게 맞섰다. 이 과
정에서 그는 스트레스를 많이 받았다. 부모님은 강압적인 태도를
유지했고 위협적인 말로 친구를 압박하기도 했다. 심지어 "직업
을 바꾸지 않으면 부모 자식 관계를 끊어버리겠다.", "아직도 애
니메이션 디자인 일을 하고 있다면 더 이상 이 집에 들어오지 마
라."는 말까지 들어야 했다.

부모와 원활하게 소통하는 방법

부모와의 소통 문제 역시 소통심리학의 중요한 부분이다. 소통심리학적 관점에서 부모와의 소통이 어려운 데는 네 가지 원인이 있다. 첫째, 부모와 자녀가 기대하는 것이 다르다. 둘째, 부모와 자녀 간에 세대 차이가 존재한다. 셋째, 부모와 자녀 모두 상대방에게 인정받고 싶어 한다. 넷째, 한 번 형성된 소통 형태는 잘 바뀌지 않는다.

성인 자녀가 부모와 자주 갈등을 겪는 것은 표면적으로는 의견 차이로 인한 소통 장애로 보이지만, 실질적으로는 유년 시절의 즐겁지 않았던 경험과 관련되어 있다. 예를 들어, 어렸을 때 작은 일을 제대로 처리하지 못해 부모로부터 심한 질책과 비난을 받았다면 성인이 된 이후 비슷한 상황에 직면하면 어린 시절의 괴로운 감정이 떠오르면서 부모에게 반항하게 되고 말싸움으로 번질 수 있다.

네 가지 내재적 관계 유형은 유년 시절 부모와의 감정적 경험에서 나온다. 이러한 소통 유형은 우리가 세상에 대처하기 위해 모색해 낸 관계 유형이다. 내재적 관계 유형에는 제대로 돌봐주지 못한 감정이 숨겨져 있으며, 부모와 원만한 소통이 어려운 근본적 원인이기도 하다.

달팽이 유형의 자녀를 가진 부모는 통제 욕구가 강하고 침투성이 높은 편이다. 그래서 자녀와의 관계에서 통제와 의존적 관계를 맺는다. 타조 유형의 자녀를 가진 부모는 엄한 편으로 자녀에 대한 요구가 엄격하다. 자녀에게 더욱 노력하라고 채찍질하며 항상 "넌 아직 뛰어나지 않아."라는 신호를 보낸다.

캥거루 유형의 자녀를 둔 부모는 두 가지로 나눠 볼 수 있다. 하나는 부모 역시 캥거루 유형으로 장성한 자녀를 세심하게 보살피며 자녀가 "나에게 필요하든 말든 부모님이 주신 것은 반드시 받아야 한다."라고 생각하게 만든다. 또 다른 하나는 부모가 캥거루 유형의 자녀에게 관심을 보이지 않는 것이다. 왜냐하면 이 유형의 자녀는 철이 빨리 들기 때문에 부모는 아직 철이 덜 든 다른 자녀를 돌보게 된다. 그래서 캥거루 유형은 버림받지 않기 위해서 가족을 위해 더 많이 희생한다. 산비둘기 유형의 자녀를 둔 부모는 자녀에게 세상이 안전하지 않다는 신념을 전달하고 자녀의 요구를 거의 만족시켜 주지 않으며, 조건부로 요구를 충족시켜 준다. 따라서 산비둘기 유형은 어릴 때부터 부모와 신경전을 벌인다.

내재적 관계 유형 속에 자신의 딜레마가 숨겨져 있음을 발견하면 더 이상 유년 시절의 결핍에 집착하지 않고 부모와의 소통에서도 이를 언급하지 않는다. 다음은 부모와의 소통 문제를 해결하는 데 도움이 되는 방법이다.

1. 옳고 그름을 따지지 말고 상대방을 설득하지 않는다

처음부터 상대방을 설득할 요량으로 잘못을 인정하게 하고 자신의 생각을 강요하는 것은 소통이 아니라 '통제'일 뿐이다. '올바른 소통'이란 자신의 감정을 표현해 자아 관점을 찾고 공통점을 추구하며 공감대를 형성하는 것이다. 옳고 그름을 따지는 것은 어린아이나 하는 것이며, 어른이라면 결과에 주목해야 한다.

앞서 언급한 직업 선택으로 부모님과 갈등을 빚고 있는 친구의 경우, 부모님이 자신을 포용하고 이해해 주기를 맹목적으로 바랄 것이 아니라 애니메이션 디자인 일이라는 직업의 장단점을 부모님과 함께 객관적으로 분석하고 자신에게 이 일이 얼마나 중요한지를 허심탄회하게 이야기를 나눠본다면 부모님도 기존의 인식을 깨고 새로운 사고로 전환할 수 있다. 부모와 자식 간의 감정싸움이 아니라 어른들 간의 이성적인 대화로 바뀔 수 있는 것이다.

2. 비폭력 소통 방식 사용하기

우리는 "부모님에게 내 감정을 표현하고 내 생각을 다 말했는데도, 부모님은 아무것도 듣지 못한 것처럼 보여요."라고 말할 때가 있다. 소통 내용이 명확하다면 소통 기술이 명확한지도 살펴야 한다. 만약 부모님이 완강히 고집을 부리는 것처럼 보인다면, 이는 사실 관계가 아닌 감정적인 문제이므로 소통을 지속하기 어렵다. 이는 폭력적인 소통이다. 비폭력적 소통에는 네 가지 핵심이 있다.

첫째, 사실에 근거하여 이야기한다. 가령 부모님이 직업에 대한 견해를 이야기하면서 자녀의 일에 대해 궁금한 점을 물어본다면 질문에 대한 자기 생각을 말하거나 생각을 정리 중이라고 솔직하게 말한다. 이것이 바로 사실에 근거하여 이야기하는 것이다. 만약 부모님의 질문이 아픈 곳을 찌른다면 수치심과 분노를 느끼고 "저에게 조금이라도 자유를 주세요!"라며 화를 낼 수도 있고, 부모님이 간섭한다는 생각에 질문을 회피하고 부모님을 원망할 때도 있다. 이는 사실이 아닌 감정적으로 대처하는 것이다.

둘째, 감정과 생각을 확실히 정리한다. 억울함, 수치심, 고통, 괴로움 등은 감정을 표현하는 단어이며, "내 생각에는 네가 마땅히….", "내 생각에는 너의 이 일이….".라고 말하는 것은 생각에 대한 표현이다. 부모님과 소통할 때 우리는 자신의 감정과 생각을 확실히 정리해야 하며, 부모님의 감정과 생각도 구분해야 한다. 생각에는 옳고 그름이 없으며 함께 이야기하고 궁금한 점을 물어볼 수 있다. 하지만 감정에 대해서는 반응을 보이고 위로를 건넬 필요가 있다.

셋째, 그 이면의 감정적 요구가 충족되었는지를 확인한다. 가령 밖에서 혼자 지낼 때 부모님이 전화를 걸어 "밥 제때 잘 챙겨 먹고 운동하라"고 말하는 것은 표면적으로는 근황을 알고 싶은 것이며, 그 이면에는 말로 표현하진 않았지만 자식에 대한 관심이 담겨 있다. 따라서 이러한 관심에 대해 스스로 잘 돌보고 있으며 부모님 걱정도 하고 있다고 표현한다면 정말 완벽한 대답이 될 것이다. 부모님은 종종 자신의 감정적 요구를 숨긴다. 우리가 소통 과정에서 이를 감지하고 확인하여 정서적으로 공감해 줄 필요가 있다.

넷째, 요구가 아니라 구체적이고 명확하게 요청한다. "저는 그 사람을 정말 좋아해요, 부모님의 지지와 축복을 받고 싶어요.", "그 사람을 존중해야 해요, 그리고 잘해 줘야 해요." 이 두 문장을 통해 얻는 소통의 효과는 다르다. 전자는 '요청'하는 것이고, 후자는 '요구'하는 것이다. 요청은 완곡하고 요구는 강경하다. 요청하는 것은 상대방을 존중하는 표현으로 상대방도 기꺼이 받아들일 것이다.

3. 잘못된 소통의 태도 피하기

소통하는 데 도움이 되지 않는 네 가지 태도가 있다.

'비난적' 태도는 자신의 권리만 지키고 다른 사람의 변명이나 이유를 전혀 받아들이지 않는다. '영합적' 태도는 겉으로는 비위를 맞춰 주지만 조용히 속으로 비난한다. '초이성적' 태도는 수시로 이성적으로 분석하고 감정을 투사하지 않는다. '회피적' 태도는 문제를 회피하며 주의를 다른 곳으로 돌린다. 본인은 평화적으로 해결하는 것이라고 생각하지만, 실제로는 눈에 보이지 않는 문제를 남긴다. 가령 전화를 받지 않는다거나 메시지에 답장하지 않는다. 정상적이고 원활한 소통을 위해서는 겉과 속이 일치하게 감정과 기대를 표현하고 분명하게 요청하는 태도가 필요하다.

4. 시간에 맡겨 보기

정말로 소통 불가능한 지경에 이르렀을 때는 잠시 내버려 두면 시간이 해결해 준다. 내가 타지에서 일하는 것에 대해 부모님은 늘 불만이셨고 소통이 불가했다. 하지만 내가 타지에서 삶의 터전을 마련하고 사업이 성공하면서 생활이 여유로워지자 부모님의 걱정과 우려가 크게 줄어들었다. 그 과정에서 나는 많은 이야기를 하지 않았다. 그저 시간과 행동으로 모든 것을 증명했을 뿐이다.

○

'요청'은 완곡하고 '요구'는 강경하다.
요청하는 것은 상대방을 존중하는 표현으로
상대방도 기꺼이 받아들일 수 있다.

○

06 ∞ 연인 사이에
풀리지 않는 문제

"저에게 ─────── ─────── 아무런 감정이 없대요"

대학에서 강연할 때 한 남학생이 이런 질문을 했다. "좋아하는 여학생에게 두세 번 고백했는데 모두 거절당했어요. 저에게 아무런 감정도 없대요. 어떻게 하면 호감을 얻을 수 있을까요?" 친구의 딸도 비슷한 문제를 겪었다. 대학을 막 졸업하고 회사에 입사했는데 회사 남자 동료에게 호감이 생겼다. 하지만 내성적인 성격 탓에 상대방에게 고백하지 못했다.

주변에서 이와 비슷한 고민을 하는 사람들을 종종 볼 수 있는데 그들은 좋아하는 사람에게 호감을 얻는 방법을 모르겠다고 말한다. 인간관계 중에서 친밀한 관계 형성은 누구도 피해 갈 수 없는 문제이다. 이성과의 친밀한 관계에는 변수가 많다. 또한 자발적으로 첫발을 내딛는 것도 필요하다. 만약 우리가 상대방에게 먼저 데이트를 신청할 용기가 없어서 상대방이 데이트 신청을 해 주기를 바란다면 이는 친밀한 관계를 맺는 것도 아니고 상대방을 사랑하는 것도 아니다. 그저 자신이 사랑받기를 갈망하는 것이다. 만약 아직도 이러한 상태라면 나와 나 자신과의 관계를 제대로 다루지 못하고 있다는 뜻이다.

:

이성에게 호감을 얻는 전략

좌절이나 실패를 걱정하지 않고 상대방에게 과감히 자신을 드러내며 직진할 수 있다면 다음의 몇 가지 전략이 성공 확률을 높이는 데 도움이 될 수도 있을 것이다.

첫째, 자신의 좋은 특징을 보여 준다. 누군가로부터 사랑받고 싶다면 상대방이 흥미로워하는 특징을 최대한 드러내 보자. 진화심리학자 연구에 따르면, 여심을 사로잡는 이성의 특징은 지혜, 건강, 책임감, 실행력 등 '자원 제공과 보호'와 관련 있으며, 남심을 사로잡는 이성의 특징은 건강, 온화함, 선함, 젊은 활력 등 '번식 및 자녀 양육'과 관련 있는 것으로 나타났다.

사람은 누구나 자신만의 장점과 훌륭한 특징을 가지고 있다. 아름다운 외모나 풍부한 재력으로만 타인의 마음을 사로잡을 수 있는 것은 아니다. 상대방의 비위를 맞춰 주면서 자신의 훌륭한 특징을 보여 준다면 그의 관심도 끌 수 있고 서로 얼마나 잘 맞는지도 확인해 볼 수 있다.

둘째, 벤저민 프랭클린 효과를 응용한다. 1736년 벤저민 프랭클린의 연설을 듣고 그의 관점에 반대하는 의원이 한 명 있었다. 이후 그 의원은 격렬히 비판하는 반대 연설을 발표했다. 그 의원에게 지지를 받고 싶었던 벤저민 프랭클린은 우연히 그 의원의 집에 아주 희귀한 책이 있다는 소문을 듣고 예의를 갖춰 책을 빌리고 싶다는 내용의 편지를 보냈다. 뜻밖에도 그는 책을 빌려주었고 일주일 후 벤저민 프랭클린은 책을 돌려주면서 정중하게 감사의 뜻을 전했다. 며칠 후 두 사람이 다시 만났을 때 그가 먼저 벤저민 프랭클린에게 인사를 건넸고 이후 두 사람은 순조롭게 대화를 이어 갈 수 있었다. 마침내 벤저민 프랭클린은 그 의원으로부터 지지를 얻고, 두 사람은 적에서 친구가 되었다.

심리학자들은 관련 연구를 통해 하나의 결론을 도출했다. 바로 다른 사람이 당신에게 호감을 느끼도록 하는 가장 좋은 방법은 그들을 도와주는 것이 아니라 그들이 당신을 돕도록 만드는 것이다. 이러한 효과를 '벤저민 프랭클린 효과'라고 부른다.

심리학 연구에서 남성의 영웅 콤플렉스와 여성의 모성은 인류의 근본적인 특징으로 정도의 차이는 있지만 모든 사람이 가지고 있다는 사실을 발견했다. 타인을 돕는 것은 영웅 콤플렉스와 모성을 자극할 수 있는 가장 좋은 방법이다.

나는 친구의 딸에게 좋아하는 동료를 찾아가 작은 도움을 청해 보라고 조언했다. 예를 들어 비가 올 때 상대방에게 우산을 빌리는 것이다. 친구의 딸은 정말로 그 방법을 사용했고, 이후 그 동료는 친구의 딸과 우연히 마주쳤을 때 "오늘도 우산 안 가져왔나요?"라며 먼저 말을 건넸다. 이처럼 처음에 간단한 방법으로 상호작용을 시작하면 시간이 갈수록 상호작용 횟수가 늘어나게 된다.

셋째, 사적인 일에 대해 상대방에게 질문하거나 사적인 일을 얘기한다. 심리학자 아서 아론Arthur Aron은 굉장히 흥미로운 36가지 질문을 만들었다. 실험을 통해 36가지 질문을 함께 완성한 이들이 사랑에 빠지는 것을 발견했다. 이 36가지 질문에는 평이한 질문부터 깊이 있는 질문까지 포함되어 있었다. 질문과 대답하는 과정에서 두 사람의 관계가 점점 가까워지고 자신의 마음속 깊은 곳에 있는 비밀까지 털어놓을 수 있을 정도로 발전했다.

만약 누군가에게 관심이 있다면 둘만의 공간을 만들어 상대방에게 사적인 질문을 하거나 자신의 개인적인 일들을 나눠 보자. 상대방에게 사적인 일을 털어놓으면 그는 자신이 신뢰를 얻고 있음을 느낀다. 또한 가까운 사람이 되었다는 기분도 느낄 것이다. 그러면 당신에 대한 상대방의 호감도는 자연스럽게 상승한다.

넷째, 출렁다리 효과를 활용한다. 출렁다리를 건너거나 스릴 있는 놀이기구를 탈 때는 자신도 모르게 긴장하게 된다. 그런데 이를 누군가와 같이 한다면 상대로 인해 긴장감을 느낀다고 오해할 수 있다. 이러한 긴장감은 누군가에게 설레는 감정과 매우 비슷하기 때문이다. 그래서 자신이 상대방에게 첫눈에 사랑에 빠졌다고 착각할 수 있다. 이러한 현상을 '출렁다리 효과'라고 부른다. 예를 들어, 친구들과 모임에서 술에 잔뜩 취했을 때 누군가 술김에 용기를 내어 고백한다면 알코올 작용으로 심장 박동이 빨라지고 온몸이 뜨거워진 것임에도 자신도 상대방을 좋아하는 것으로 오해하고 그 고백을 받아들일 수 있다. 그러므로 고백을 준비할 때는 상대방의 심장 박동이 빨라질 수 있고 긴장감을 느낄 수 있는 환경을 선택하는 것도 하나의 방법이다.

이성의 호감을 얻는 데 도움이 되는 다양한 방법을 알아보았다. 하지만 실제로 어디에나 통하는 기술이나 공식은 존재하지 않는다. 좋아하는 사람을 진심으로 대한다면 그 사람이 나를 좋아하게 될 확률이 높아질 것이다. 자신도 모르게 사랑에 빠지고 좋아하는 사람의 마음을 얻게 된다는 건 정말 멋진 일이다. 하지만 함께 걸어가지 못하더라도 낙심할 필요는 없다. 새로운 사랑은 또 찾아오기 마련이다.

연애의 유효기간을 ────

──── 길게 늘리는 법

막 연애를 시작할 때는 누구나 감정이 깊어지고 상대방과 딱 달라붙어 있고 싶다. 하루만 못 봐도 몇 년이 지난 것 같은 기분도 든다. 하지만 두 사람이 함께하는 시간이 길어지면서 사정은 달라진다. "내가 이제 이 사람을 사랑하지 않는 건가?"라는 생각이 스쳐 지나가기도 하고, 갈등이 쌓이면서 감정의 균열이 나타나기도 한다. 말다툼을 피하기 위해 상대방을 피하는 경우도 생긴다.

사람들은 이러한 상황을 '사랑에 빠지기는 쉽지만 함께 지내기는 어렵다'는 것으로 결론짓는다. 사실 이러한 상황이 발생하게 되는 원인은 감정에 문제가 생겼기 때문이 아니라 '감정을 유지하는 방법'을 알지 못하기 때문이다.

사람들은 친밀한 관계에서 무력감을 느낀다. 좋은 감정의 유효기간을 연장하는 것은 쉬운 일이 아니다. 왜냐하면 감정에 있어서 우리는 인지적 함정에 빠져 있다는 사실을 자각하지 못하고 사랑의 본질도 이해하지 못하기 때문이다. 사랑에 빠지면 거의 모든 사람이 '긍정적 착각'이라고 불리는 인지적 함정에 빠진다. 소위 말하는 '눈에 콩깍지가 씌었다'는 것이다. '사랑은 맹목적인 것'이라는 말이 있는데, 이러한 맹목적인 것으로 인해 사랑하는 사람의 장점만 보고 단점을 보지 못한다. '장밋빛 안경'을 통해 사랑하는 사람을 바라보고 그들의 단점을 지나쳐 버린다.

네덜란드 흐로닝언대학의 연구진들은 근심을 없애고 자신감과 안전감을 유지하기 위해 사랑에 빠진 사람들이 종종 허구의 이야기를 엮어낸다는 사실을 발견했다. 이를 통해 상대방의 장점을 증폭시키거나 약점을 최소화하는 것이다. 사랑에 빠진 사람들은 '긍정적 착각'을 통해 안전감을 높이고 책임감을 강화하여 지금의 연인 외에는 다른 이에게 눈길을 주지 않으며, 나아가 장기간 안정적인 연애를 이어 갈 수 있다. 상대방의 단점을 못 본 척하고 상대방에 대한 비판에 유보하는 태도를 보이며, 다른 구애자를 거절하고 연인에 대한 갈망을 키운다. 이러한 긍정적 착각이 친밀한 관계를 시작하는 데는 매우 중요한 촉진제 역할을 하지만 감정을 유지하는 데는 역효과를 낳을 수 있다.

추가 연구에 따르면, 긍정적 착각은 교제 초기에, 그리고 젊은 사람에게 더욱 강렬히 나타나는 것으로 확인됐다. 함께하는 시간이 늘어날수록 긍정적 착각의 효과가 점점 약화되어 상대방의 단점이 보이기 시작한다. 이때 관계를 이어 가야 할지 고민하게 되며 감정에도 위기가 발생한다.

심리학자 로버트 스턴버그Robert Sternberg는 사랑을 '사랑 = 열정 + 헌신 + 친밀감'이라고 정의했다. 완전한 사랑은 열정, 헌신, 친밀감이 수반되어야만 오랫동안 지속될 수 있다. 열정은 쉽게 이해할 수 있다. 상대방을 소유하고 싶은 강한 욕구로 대부분 생물학적 충동에 해당한다. 헌신은 두 사람이 이 감정에 대해 가진 공통의 목표를 의미한다. 가령 "우리는 평생 함께할 거야. 시간이 지나도 영원히 변치 않을 거야.", "하늘이 무너질 때까지 헤어지지 않을 거야."가 여기에 해당한다. 친밀감은 상대방에게 자신의 가장 사적인 일을 공유하고 자신의 가장 취약한 부분을 보여 줄 수 있음을 의미한다. 우리는 신뢰할 수 있는 사람에게만 자신을 내보일 수 있으며, 친밀한 사람에게만 사적인 일을 공유할 수 있다.

⋮

감정의 유효기간을 연장하는 방법

연애 초기에는 열정으로 가득하다. 하지만 열정은 지속 시간이 짧으므로 감정의 유효기간을 연장하려면 친밀감과 헌신을 증가

시켜야 한다. 구체적으로 다음의 몇 가지 방법이 있다.

1. 콩깍지를 떼고 상대방의 모든 면을 포용한다

우리는 아름다운 상상을 하며 자신의 반쪽을 찾는다. 그러다 상상에 맞는 사람을 만나면 연애 감정이 싹튼다. 그리고 서로 함께할 수 있기를 절실히 바란다. 함께하는 과정에서 두 사람은 각자 다른 행동과 관점을 보이고 마찰이 발생하면서 착각에서 현실로 돌아오게 된다. 눈앞의 반쪽도 점점 현실의 인물이 된다.

열정이 점점 식으면서 상대방의 단점이 눈에 보이기 시작한다. 항상 깔끔해 보이던 그가 면도도 하지 않고 머리도 헝클어져 있는 모습이 눈에 들어오고, 꿈속의 여(남)신이 소파에 앉아 발가락을 만지작거리고 과자를 먹으면서 부스러기를 바닥에 흘리는 모습도 눈에 들어온다. 아주 사소한 일에도 실망감을 느끼며 감정의 농도가 뚝 떨어진다. 이때 서로가 느끼는 기분에 따라 감정이 유지될 수 있는지가 결정된다.

완벽한 객체는 존재하지 않는다. 마찬가지로 완벽한 반려자도 존재하지 않는다. 단점이 없는 사람은 없다. 따라서 좋았던 첫 감정이 아니더라도 수용하고 포용하는 것이 우리가 할 수 있는 일이다.

2. 공통의 관심사, 취미, 주제, 활동 찾기

낯선 두 사람이 공통의 관심사와 취미가 있다면 함께할 수 있다. 사회 심리학자들은 연구를 통해 공통의 성장 배경, 업무 경력, 가치관, 취미 등 유사성을 가진 사람끼리 함께할 가능성이 더 크다는 사실을 발견했다. 서로의 공통점을 발견하고 유지하면 친밀감도 높일 수 있다. 따라서 취미와 관심사가 다를 때는 함께 새로운 취미와 주제를 찾아보고 시도해 본다. 지금 당장 찾지 못하더라도 공통의 취미를 함께 찾는다는 생각 또한, 두 사람의 공통점이며 새로운 것을 시도하는 것도 공통점이다.

3. 서로에게 습관이 된다

늘 같이 하던 반려자가 없는 삶을 생각해 본 적이 있는가? 익숙하지 않은 부분은 무엇인가? 많은 경우 두 사람 모두 상대방을 떠나지 못하는 이유는 열정도 아니고 관계가 친밀해서도 아니다. 바로 '습관' 때문이다. 습관은 고치기도 어렵고 키우기도 어렵다. 두 사람이 오랜 시간 함께하면 서로 곁에 있어 주는 것이 습관이 되고, 습관 때문에 서로의 삶에서 상대의 중요성이 커진다. 따라서 감정의 유효기간을 늘리기 위해 상대방의 삶에서 특별한 존재가 되어 보자.

4. 잠깐 떨어져 애틋함 일깨우기

'잠시 떨어져 있으면 더 애틋하다'는 것처럼, 오랜 시간 떨어져 지낸 경험이 거의 없다면 시간이 지남에 따라 피로감을 느낄 수 있다. 단순 반복되는 일에 점점 흥미를 잃고 권태를 느낀다. 이때 잠깐 떨어져 있으면 상대방에 대한 애착이 다시 깨어날 수 있다. 이러한 애착은 두 사람의 관계를 더욱 긴밀하게 만들어 준다. 하루 24시간 함께 있는 커플은 권태감에 빠지기 쉽다.

거리상 분리 외에도 심리적으로도 서로 각자의 공간이 있어야 한다. 또한 상대방의 사교활동을 존중해야 한다. 그래야 더욱 평등하고 조화로운 관계를 유지할 수 있다. 이러한 친밀한 관계는 매우 견고하다.

5. 공통의 작은 비밀 만들기

공통의 비밀이 있으면 관계가 더욱 친밀해진다. 자신의 비밀을 상대방과 공유한다는 건 그를 신뢰한다는 의미이며, 상대방의 비밀을 알고 있다는 건 그의 마음속에서 내가 중요한 사람이라는 것을 의미한다. 아주 사소한 비밀이더라도 공유하면 상호 간의 이해를 높일 수 있다. 공통의 비밀은 '우리'와 '그들' 사이의 경계를 그어 준다. 이를 통해 친밀감도 높일 수 있고 서로 비밀을 지키기 위한 약속도 할 수 있다.

6. 소소한 기념일 챙기기

간단히 기념일을 챙기는 것만으로도 감정의 물결을 일으킬 수 있다. 이혼율 관련 조사에 따르면, 결혼기념일을 챙기는 부부의 이혼율이 챙기지 않는 부부의 이혼율보다 훨씬 낮은 것으로 나타났다.

생활 속에서 작은 서프라이즈를 준비해 보자. 인간은 선천적으로 서프라이즈에 호기심을 보인다. 아무런 기념일도 아닌 날, 상대방을 위해 깜짝 이벤트를 준비하거나 상대방이 평소 갖고 싶어 했던 물건을 기억했다가 선물한다거나 저녁 식사를 위해 근사한 레스토랑을 예약해 보자. 이러한 작은 서프라이즈가 두 사람의 감정을 더욱 깊게 할 것이다.

심리학자 아들러는 관계를 맺는 가장 좋은 방법은 협력 공동체를 형성하고 상대방의 성격적 특징 등 각 부분에 대해 충분히 존중해 주며 감정에 적극적으로 몰입하는 것이라고 말했다. 관계에서 친밀함의 유효기간을 연장하는 데 가장 중요한 것은 두 사람이 감정을 형성하고 심혈을 기울여 몰두하는 것이다. 만약 아무것도 신경 쓰지 않고 감정이 자연스럽게 흘러가도록 손 놓고 있거나 갈등이 생겨도 해결하지 않고 내버려 둔다면 아무리 열정적인 감정이라도 고갈될 수밖에 없다.

"상대방의 감정 읽기가 ───────
─────── 너무 어려워요"

대학 강연에서 한 남학생이 "여자친구의 기분이 좋지 않을 때 어떻게 대해야 하나요?"라고 질문했다. 그는 두 번의 연애 경험이 있지만 두 번 모두 실패로 끝났다. 그 이유는 여자친구가 화났을 때 무슨 말을 해야 하는지, 어떻게 행동해야 하는지를 몰랐기 때문이다. 아무리 달래려고 해도 화만 돋울 뿐이었다.

한번은 여자친구가 그에게 비밀을 털어놓았다. 고등학교 시절 아주 소중한 친구가 있었는데 작은 오해로 그 친구가 더 이상 자신을 상대해 주지 않는다는 것이다. 그녀는 친구에게 해명하려 했지만 모두 실패로 끝났고 억울함과 괴로운 감정을 느꼈다. 여자친구가 눈물을 흘리자 그는 위로의 말을 건넸다. "뭐 그렇게 괴로워하고 그래. 상대해 주지 않으면 그냥 놔둬. 너 친구 많잖아." 이 말에 여자친구는 더 크게 울며 "넌 날 이해하지 못해!"라고 말했다. 그 후 두 사람은 큰 갈등을 겪었고 결국 헤어지고 말았다.

남학생은 도무지 자신이 뭘 잘못했는지를 전혀 알 수 없었기에 굉장히 혼란스러웠다. 그는 "달래 주는 것도 안 된다고 하고, 말하는 것도 안 된다고 하고, 분석하는 것도 안 된다고 하고, 너무 어려워요!"라고 하소연했다.

∶

정서 처리 방법은 부모로부터 물려받는다

사랑하는 사람이 화를 내면 당황해서 늘 어쩔 줄을 모른다. 왜냐하면 우리도 부정적인 정서에 대처하는 방법을 잘 모르는 데다 사랑하는 사람이 나에게 기대하는 것이 무엇인지도 잘 모르기 때문이다.

기분이 좋지 않았을 때 어떻게 대처했는지 기억해 보자. 감정을 억누르며 이런 건 중요하지 않다고 말했는가? 감정을 무시하면서 주의를 돌리기 위해 새로운 화제를 찾았는가? 감정을 혐오하면서 사소한 일에 얽매인 자신을 겁쟁이라고 꾸짖었는가?

보통 우리가 정서를 다루는 방식은 부모에게서 물려받는다. 부모가 나에게 대했던 방식 그대로 자신의 정서를 대한다. 예를 들어, 아이가 슬퍼할 때 "울지 마. 울긴 왜 울어. 강해지는 법을 배워

야 해. 뚝 그쳐!"라며 엄하게 훈계하는 이가 있는가 하면, "슬퍼하
지 마. 엄마가 놀이동산에 데려 갈게/새 옷 사 줄게."라며 각종 방
법을 동원하여 울음을 그치게 하려는 부모도 있다. 어떤 부모는
전혀 관심을 보이지 않고 바쁘게 자신의 일을 하면서 아이를 내
버려 둔다. 또 어떤 부모는 어쩔 줄 몰라 쩔쩔매고 심지어 아이와
함께 울기도 한다. 아이는 이러한 방식을 경험하고 학습한다. 성
장한 후 우리가 사랑하는 사람에게 이러한 방식으로 반응하면 상
대방은 우리가 어릴 때 느꼈던 감정을 그대로 느끼게 된다.

그렇다면 사람들은 기분이 좋지 않을 때 어떻게 자신을 대해
주기를 바랄까? 상담 과정에서 나는 이 대답을 가장 많이 들었다.

"그가 꼭 나에게 조언을 해 주거나 말을 해 줄 필요는 없어요. 가만히
곁에서 내 하소연을 들어 주는 것만으로도 충분해요. 그래도 내가 여
전히 슬픔을 억누르지 못하고 있다면 나를 꼭 안아 주면 돼요."

사랑하는 사람의 기분이 좋지 않을 때, 우리는 그에 대한 책임
이 있는가? 어떤 사람들은 그건 그 사람의 감정이고 우리는 모두
성인이기 때문에 각자의 일을 독립적으로 처리해야 한다고 말한
다. 친밀한 관계에서는 두 가지 모습을 볼 수 있다. 하나는 대립
적인 모습, 또 하나는 협력적인 모습이다. 대립적인 모습은 두 가
지 입장을 놓고 내가 옳고 너는 틀렸다는 것을 증명하려고 한다.

상대방이 자신의 기대에 어긋나는 일을 하면 상대방이 자신과 어울리지 않다거나 자신을 사랑하지 않는다고 판단한다. 협력적인 모습은 상대방과 함께 책임을 지고 서로 자양분을 주며 상대방을 위해 기꺼이 자신을 바꿀 수 있다고 생각한다. 대립적인 관계에서는 모든 것이 상대방을 위한 것이며 자신은 희생하고 있다고 생각한다. 그리고 상대방을 수혜자, 자신을 피해자라고 여긴다. 사실 친밀한 관계는 두 사람 모두를 위한 것이다. 이를 깨달아야만 관계를 어떻게 개선할 것인지, 어떻게 타협할 것인지를 생각해 볼 수 있다. 협력적인 관계를 인정해야만 다음에 이어지는 대처 방법이 효과를 발휘한다.

:

사랑하는 사람의 정서 문제를 해소하는 방법

1. 상대방의 정서를 보듬는다

정서를 보듬는다는 건 누구나 기쁨, 분노, 슬픔, 즐거움, 놀라움, 두려움이라는 정서를 가지고 있고 그것이 '정상'임을 깨닫는 것을 의미한다. 모든 사람은 자신의 정서를 직시해야 하며, 그 누구도 대신해 줄 수 없다. 사랑하는 사람이라도 우리는 그의 정서를 대신 읽어줄 수 없다. 모든 정서적 반응은 정상이며, 모든 정서는 해소하는 데 시간이 필요하다. 그러므로 우리가 할 수 있는 건 상대방의 정서를 보듬는 것이다. 때로는 우리가 상대방의 좋지 않은 기분을 멈추게 하고 싶은 이유가 자기 자신의 걱정을 해소하고 싶기 때문이다. 그런데 이것은 당신의 정서이지 상대방의 정서가 아니다. 정서의 주체를 명확히 하고 정서의 주체를 존중하는 것이 필요하다. 자신의 방식으로 사랑하는 사람의 정서를 멈추게 하는 것보다 그 사람의 정서를 바라보고 인정해 주는 것이 중요하다.

2. 충분히 공감한다

공감은 몸소 느끼는 능력이다. 비록 상대방의 정서를 대신해 줄 수는 없지만, 상대방의 감정을 느끼기 위해 노력하고 감정의 강도와 복잡한 내면을 경험해 보는 것이다. 그 방법은 자신을 상대방의 역할에 이입하는 것이며, 기본 원칙은 상대방의 슬픔을 느끼되 평가하지 않는 것이다. 어릴 적 슬픔을 느낄 때 부모님의 걱정 어린 눈빛을 보면 그 순간 부모님과 내가 함께 있고 부모님이 날 아끼고 걱정한다는 것을 느낄 수 있었다. 사랑하는 사람에게 필요한 것도 바로 이러한 공감 반응이다.

3. 좋은 동반자가 되어 준다

좋은 동반자란 상대방 곁에 조용히 머물면서 제때 반응해 주는 사람이다. 인간관계가 정말 좋은 한 친구는 사람들이 그녀에게 속마음을 털어놓을 때 "내가 잠깐 같이 있어 줄게."라는 말만 한다. 만약 상대방이 눈물을 보인다면 티슈를 건넨 다음 "내가 뭘 해 줄 순 없지만, 같이 있어 줄게."라고 말한다. 조언은 하지 않는다. 사람들은 상대방에게 설명하는 것에 익숙하다. 그들의 설명은 더욱 슬픈 감정에 빠지게 만들고 감정을 관념으로 전이시키며, 수습 불가능한 지경에 이르게 할 수도 있다.

4. 마음을 털어놓을 수 있는 환경을 제공한다

상담 일을 하다 보면 억울함과 고통의 경험을 포함하여 어떤 일을 이야기할 때 굉장히 분노하는 사람들을 자주 볼 수 있다. 그럴 때 나는 그들을 방해하지 않는다. 왜냐하면 그들에게는 '하소연'이 필요하며 그것 자체가 좋은 치유 방법이기 때문이다.

마음을 털어놓을 수 있는 환경을 제공하는 데 있어서 가장 중요한 것은 하소연하는 사람의 말을 들어줄 '청중'이 있어야 한다는 점이다.

진심으로 이야기를 경청하고 적절한 타이밍에 '반응'해 줄 수 있는 한 사람이 필요하다. 반응은 분석이나 평가가 아니며, 어떠한 설명을 하는 것도 아니다. 물론 가만히 듣기만 하는 것도 아니다. 반응에는 적절한 교류가 필요하다.

경청하는 과정에서 상대방의 이야기 중 논리적인 허점을 발견하면 상대방에게 사실을 말해 주고 싶을 것이다. 그러나 절대 그러지 말자. 사실을 말해 주는 것이 상대방을 도와주는 것처럼 보이지만 실제로는 그의 반감만 키울 뿐이다. 왜냐하면 분노나 슬픔에 휩싸인 사람은 대부분 감정을 표현하지, 논리적으로 말하지 않기 때문이다. 따라서 하소연의 내용은 단순히 언어라기보다는 정서를 분출하는 경우가 더 많다. 정서를 분출하면 가슴속에 쌓아 두었던 억눌린 감정이 사라진다.

5. 정서나 행동으로 지지한다

슬픔은 일종의 '호소'이다. 이러한 호소는 또 다른 사람과의 연결고리를 만들어 주며, 그는 나의 슬픔을 읽어주며 지지를 보낸다. 이러한 지지를 통해 안전함을 느끼고 두려움이 사라지며 위로와 관심을 받고 있음을 느낄 수 있다.

슬픔에 빠진 사람들은 자신을 껴안고 움츠린다. 포옹은 상대방에게 행동으로 보여 주는 가장 큰 지지이다. 한 친구가 "아내가 화가 났는데, 어쩌지?"라고 물어본 적이 있다. 아주 간단하다. 원칙적인 문제가 아닌 이상 아내가 화를 내거나 삐졌을 때 앞뒤 가리지 말고 안아 주고 뽀뽀해 주며 사랑한다고 말하면 된다. 친구는 내가 알려 준 방법대로 하자, 아내가 처음에는 화를 내며 몸부림쳤지만 나중에는 꽉 안아 주니 긴장을 풀었다고 한다. 지금은 부부 관계도 점점 좋아지고 갈등도 많이 줄었다.

포옹은 따뜻한 치유 방법이다. 포옹은 상대방에게 "당신은 나에게 소중한 사람이에요. 당신과의 관계를 중요하게 생각하며 당신을 아끼고 있어요. 당신과 함께할 수 있기를 바랍니다."라는 메시지를 전달한다. 만약 당신이 상대방에게 대답할 만한 적절한 말이 떠오르지 않는다면 이처럼 행동으로 보여 주는 것도 좋은 방법이다.

은밀하게 일어나는 ——— 정서적 폭력

폭발적인 다툼은 흔히 볼 수 있고 식별하기도 쉬운 공격이다. 하지만 폭발적인 다툼 외에도 친밀한 관계 뒤에 가려져 있어 쉽게 감지할 수 없는 공격도 있다. 우리는 이를 '수동적 공격' 또는 '정서적 폭력'이라고 부른다.

중국 영화 〈무문서동Forever Young〉에서 주인공 남자는 은혜에 보답하고 약속을 지키기 위해 어쩔 수 없이 한 여자와 결혼한다. 남자는 다른 사람들에게는 친절하고 공손하며 항상 미소를 보였지만 유일하게 자신의 아내에게는 얼음장처럼 차갑게 대했다. 그녀는 이토록 끔찍한 정서적 폭력을 견딜 수 없어 시끄럽게 소란을 피우며 기센 여자처럼 남편을 쫓아다녔다. 그런데도 남자는 아무런 반응도 보이지 않았다. 남편의 무관심으로 인해 그녀는 자신이 이 세상에서 가장 불행한 사람이라고 생각했다. 두 사람은 가까이 있으면서도 멀리 떨어져 있는 것만 같았다.

이것이 바로 친밀한 관계에서의 정서적 폭력이다. 정서적 폭력은 상대방이 공격하고 있다는 사실을 알아채지 못하도록 가면을 쓰고 공격하기도 한다. 그래서 함께 있을 때 '무딘 칼로 살을 베이는 느낌'을 받게 만든다. 예를 들면, 이미 약속한 일을 계속해서 미룬다. 가령 만나기로 약속했는데 항상 차가 막힌다는 이유로 약속에 늦고 도착한 다음에는 먼저 잘못을 인정하며 "미안해, 내가 늦었어."라고 말한다. 이런 사람을 만나면 어떻게 해야 할지 갈피를 잡을 수 없다. 불만을 표현하는 것도 곤란하다. 만약 상대방이 이러한 행동을 자주 보인다면 당신은 이미 수동적 공격을 받고 있는 것이다.

수동적 공격은 '보이지 않는 공격'이라고도 부른다. 바로 소극적이고 악랄하면서 보이지 않는 방식으로 자신의 감정을 표출하고 이를 통해 자신의 마음에 들지 않는 사람과 일을 공격하는 것이다.

이것은 비난, 원망, 분노, 신체 공격과 같은 직접적인 공격 방식이 아니라 냉전, 건성, 부작위, 비협력적, 무책임 등 은밀한 행위인 경우가 많다. 우리가 흔히 말하는 '호박씨 깐다'는 것이 바로 정서적 폭력 방식 중 하나이다. 상처 주지 않을 것처럼 보이는 사람이 생각지도 못한 공격력을 가지고 있을 수 있다. 그래서 가끔 '좋은 사람', '성실한 사람'과 함께 있을 때 그들이 완벽하게 일을 처리하더라도 불편함이 느껴진다. 어쩌면 이미 '수동적 공격'을 받았기 때문인지도 모른다.

수동적 공격이라는 행위는 친밀한 관계든 직장에서의 관계든 일상에서 흔하게 찾아볼 수 있다. 친밀한 관계에서 수동적 공격은 더욱 큰 상처를 주며 상대방은 매몰되는 기분을 느낀다. 마치 온몸이 늪에 빠져서 기어 나오고 싶어도 힘을 쓸 수 없고 아무리 발버둥 쳐도 빠져나오지 못하는 것과 같다.

정서적 폭력 속에서 우리는 무엇을 하든 상대방이 반응하도록 자극할 수 없다. 이는 관계 속에서 우리의 존재감을 박탈당한다. 상대방의 기분이 언제 풀릴지 알 수 없고, 언제 반응을 보일지도 알 수 없으므로 자신의 노력으로 상대방과 관계를 회복할 수 있다는 통제감도 잃게 된다. 자신이 무엇을 하든 받아들여지지 않아 관계 속에서 가치감도 잃어버린다. 존재감과 통제력 그리고 가치감은 한 사람의 삶을 지탱해 주는 세 가지 중요한 경험이다. 정서적 폭력은 이를 박살 내고 관계 속에서의 중요한 지지도 파괴해 버린다. 따라서 정서적 폭력은 친밀한 관계에 상당한 파괴력을 미친다. 사실 정서적 폭력은 당하는 사람에게는 '징벌'과도 같다.

정서적 폭력의 전형적인 표현 세 가지

첫 번째 방식은 미루는 것이다. 인간관계에서 어떠한 일을 약속했지만 항상 약속을 지키지 않는 사람을 종종 발견할 수 있다. 한 여성 내담자는 남편이 자신에게 잘해 준다고 했다. 남편에게 자신을 어디에 데려다 달라고 하거나 퇴근할 때 데리러 오라고 하면 남편은 기꺼이 그러겠다고 대답하지만 매번 무슨 영문인지 늦게 도착했다. 게다가 늦은 이유도 대부분 화를 낼 수 없게 만드는 것들이다. 매번 남편이 진심으로 사과하는 모습을 볼 때마다 아내는 속이 끓고 화도 났지만 그렇다고 남편을 탓하지도 못했다. 이후 자세한 상담을 통해 아내는 남편에 의해 통제되고 있음을 발견했고 내담자에게는 통제불능감과 초조함이 나타나게 된 것이다.

"남편을 기다릴 때 어떤 기분이 들었나요?"

"화가 났지만, 분노를 마음에 담아 둘 수밖에 없었어요. 남편을 만나서 제가 한두 마디 할 수는 있겠지만 진심으로 사과하는 모습을 보면 남편을 탓하는 제가 잘못하는 것처럼 느껴지거든요. 심지어 죄책감까지 들어요."

"당신이 남편한테 자주 데리러 오라고 하면 남편은 무엇인가를 내려놓아야 하잖아요. 하던 일을 중단하고 당신의 요구를 충족시켜 줘야 하는데, 이 때문에 남편이 거절한 적은 없나요?"

"남편이 거절한 적은 한 번도 없었던 거 같아요."

"만약 남편이 당신을 데리러 가는 것을 원하지 않는다면 남편을 어떻게 대할 건가요?"

표면적으로는 남편이 기꺼이 아내에게 응한 것처럼 보이지만, 사실 약속 시간을 지키지 않는 '수동적 공격 방식'으로 자신의 불만을 표현한 것이다. 남편은 억울함, 분노 등 자신의 나쁜 감정을 억누르고 있었다.

두 번째 방식은 의지하는 것이다. 성인이 되면 우리는 모든 일을 스스로 책임져야 한다. 만약 항상 주변 사람에게 의지한다면 아직 성장하지 못한 아이와 다를 바 없다.

누군가가 당신에게 각별히 의지하고 모든 것을 다 맡기려 한다면 아마도 꽉 막힌 듯한 답답한 느낌을 받을 것이다. 특히 당신의 모든 행위가 상대방을 만족시키지 못하면 죄책감까지 느껴진다.

한 남성이 상담을 받으러 온 적이 있다. 그는 자기 분야에서 성공한 사람으로 재능과 품격을 겸비한 사람이었다. 그의 여자친구는 그를 존경하고 의지했다. 두 사람이 막 사귀기 시작했을 때 여자친구는 "당신은 나의 전부예요. 당신이 없다면 난 어떡하죠."라는 말을 자주 했다. 그는 이 말에 성취감을 느꼈고 자신이 강하다고 생각했다. 그래서 여자친구의 요구를 충족시키기 위해 더욱 최선을 다했다. 가령 직장에서의 문제, 동료와의 언짢은 일, 친구와의 갈등을 해결하는 데 도움을 주었고, 전구 갈기, 변기 수리, 열쇠 복사, 출퇴근시키기 등 여자친구의 생활 전반을 돌봐주었다. 그는 24시간 대기 상태로 여자친구가 부르면 바로 달려갔다. 두 사람이 함께하는 시간이 길어지면서 여자친구는 그와 떨어져 지내는 것을 못 견뎌 했다. 그가 야근하고 늦게 귀가하거나 자신의 메시지에 바로 회신하지 않으면 여자친구는 계속 전화하고 메시지를 보냈다. 이제 두 사람은 결혼 이야기를 할 때가 되었다. 그는 원래 결혼을 기대했지만, 왠지 모르게 여자친구가 자신 없이는 살 수 없는 모습을 보면서 죄책감과 두려움을 느끼기 시작했다.

이 남성은 여자친구로부터 수동적 공격을 받고 있었다. 그에게 여자친구는 만족하지 못한 아이와 같았고 늘 상대방에게 "난 연약해서 당신의 보호가 필요해요. 내 모든 건 당신이 책임져야 해요."라고 말하고 있다. 상대방은 이러한 투사를 받으면서 공격도 받고 있었다. 그래서 여자친구를 만족시키지 못하면 고통과 혼란을 느꼈다. 그런데 이러한 '만족시키지 못하는 것' 역시 아주 친밀한 관계에서 필연적으로 나타난다.

세 번째 방식은 질병이다. 수동적 공격은 질병의 방식으로도 나타날 수 있다. 흥미로운 내담자가 한 명 있었다. 그는 아내와

캠퍼스 커플로 석사, 박사 시험을 함께 치렀다. 그 결과 아내는 박사학위를 순조롭게 취득했고, 학교에 남아 교편을 잡았다. 그는 석사 졸업 후 박사 시험에 몇 차례 낙방한 다음 결국 일자리를 찾았다. 결혼한 후 아내는 그에게 계속 공부하라고 재촉했다. 남편이 스스로 박사 시험을 포기한다는 의사를 밝힌 다음부터는 그에게 직장에서 좋은 성과를 내고 집안을 위해 더 많이 이바지하라고 재촉했다. 남편 역시 아내의 기대를 충족시켜 줄 수 있기를 바랐지만, 항상 몸에 문제가 생겼다. 면역력이 예전만큼 좋지 않았다. 이 내담자는 아내에게 자신이 안 하려는 것이 아니라 몸이 따라 주지 않는 것이라고 말했고, 또 한편으로는 "나한테 이렇게 많은 요구를 하지 마!"라는 불만을 표출했다.

우리는 사랑하는 사람을 대할 때 의도치 않게 정서적 폭력을 사용할 때가 있다. 얼굴에 미소를 지으며 다른 사람에게 맞춰 주지만, 사실 내면에는 이에 대한 저항감이 있다. 그렇다면 자신에게 보이지 않는 공격적 행위가 나타났는지를 상상해 보자. 그리고 "나는 인간관계에서 자신을 솔직하게 표현하는 용감한 사람인가?"라는 질문을 던져 보자. 보이지 않는 정서적 폭력으로 결코 상대방을 정복할 수 없으며, 두 사람 모두 상처 입는 결과를 초래할 수 있다. 친밀한 관계에서 상대방이 불만을 품고 있다는 사실을 감지했다면 일부러 그 일을 잊으려 하고 등한시하는 것보다 직접 말로 하는 것이 낫다.

:

정서적 폭력에 'No'라고 말하기

정서적 폭력에 의한 '보이지 않는 공격'을 받았다면 다음의 네 가지 방법을 통해 나를 구제하자.

1. 경계를 재설정한다

이것은 명확하고 솔직하며 개방적인 소통의 기반이다. 그리고 자신이 무엇을 원하는지 확실히 알아야 한다. 이어서 자신의 마지노선을 변함없이 견지해야 한다. 이러한 견지가 중요한 이유는 이것이 두 사람의 관계를 변화시킬 수 있기 때문이다.

2. 분명한 거짓말을 직시한다

친밀한 관계 구축의 전제조건은 개인적 경험을 솔직하게 공유하는 것이다. 그러니 명백한 거짓말을 직시하고 상대방을 대면한다. 그리고 모호한 그의 말에서 구체적인 의미를 파악한다

3. 자신의 감정부터 제대로 알아야 한다

어디까지 허용할 수 있는지, 상대방이 나를 대하는 방식에서 받아들일 수 있는 것은 무엇인지, 그렇지 않은 것은 무엇인지를 상대방이 알 수 있도록 한다. 이렇게 하면 그에게 이용당하지 않고 더 많은 통제권을 가질 수 있다.

4. 관계를 끝낸다

모든 방법을 다 동원했음에도 그가 바뀌지 않는다면 당신의 손해를 줄이기 위해서라도 포기하는 것이 좋다. 이것이 바로 수동적 공격 행위로 인해 치러야 하는 값비싼 대가 중 하나이다.

건강하고 아름다운 친밀한 관계는 상호 간의 소모와 희생으로 맺어지지 않는다. 정말로 사랑한다면 상대방을 편안하게 해 줘야 한다. 상대방에게 강요하거나 마음속에 억울함이 생기지 않도록 해야 한다.

사랑은 서로의 ——————
—————— 나약함을 통해서 온다

사업에서는 크게 성공하지 못했지만, 뭇 남성들의 부러움을 한 몸에 받는 친구가 한 명 있다. 그에겐 뛰어난 미모에 성품까지 훌륭한 아내가 있었다. 아내는 남편이 늘 자신이 필요로 하는 것을 가장 먼저 이해해 준다며 매일 남편과 함께 있어도 전혀 지루하지 않다고 말했다. 남편 또한 아내는 항상 가장 먼저 자신의 웃음 포인트를 찾아내며 수년 동안 자신의 농담에 웃음을 보여 준다는 것이다. 남편이 아내를 쫓아다녔을 때, 누군가 아내에게 "저 사람을 왜 좋아해?"라고 묻자 그녀는 "재미있는 사람이니까."라고 대답했다.

'편안함'과 '재미'는 관계에서 자양분을 얻을 수 있는 중요한 요소이다. 편안함이란 피곤할 때 누울 자리가 있고 배고플 때 먹을 것이 있어 만족을 느끼는 경험이다.

이러한 편안한 경험 역시 이해와 수용이 필요하다. 예를 들어, 상대방에게 원망을 품고 있다면 직접적으로 표현할 수 있어야 한다. 비난받고 버림받을 위험을 걱정할 필요가 없고 공격받을 위험도 없이 말이다. 이는 안전과 수용의 분위기 속에서만 실현할 수 있다. 편안한 경험은 자유로운 감정을 느끼는 것이다. 아무런 제한도 없고 책임도 강요하지 않는다. 기꺼이 "예"라고 말하고 온화하지만 단호하게 "아니요"라고 말할 수 있어야 한다.

재밌는 경험은 유쾌함을 느끼고 절로 입꼬리가 올라가게 만드는 경험이다. 재밌는 사람은 우리에게 가장 기본적인 존재감을 느끼게 해 준다. 예를 들어, 재밌는 영화를 보면 행복감을 느낀다. 그 순간 분명 어떠한 장면에 깊이 감동하였을 것이며, 자신과 특정 캐릭터를 동일시했을 것이다. 재밌는 사람은 타인을 알아볼 수 있다. 가령 당신이 혼자 노래를 흥얼거리고 있으면 당신 곁에 있는 유머러스한 사람이 당신의 노래를 따라 한다. 농담을 잘하는 사람은 당신의 웃음 포인트를 잡아낼 수 있다. 이야기를 잘 들려주는 사람은 당신의 심경 변화를 이해할 수 있다. 그러므로 우리는 나를 편하고 재밌게 해 주는 사람과 관계를 맺고 싶어 한다.

편안하고 친밀한 관계를 판단하는 방법

정말로 편안하고 친밀한 관계인지를 판단하려면 다음의 네 가지 기준을 참고할 수 있다.

첫째, 상대방에게 자신을 오픈할 수 있다. 사람은 누구나 다양한 면을 가지고 있다. 그중에는 자기 자신도 용납하지 못하는 면도 있을 것이다. 버림받는 것에 대한 강한 두려움이 있다면 "나는 당신이 필요해요."라는 말을 쉽게 꺼내지 못한다. 하지만 관계를 맺고 있는 상대방이 높은 포용도를 보인다면 상대방은 당신이 회피하는 문제에 관해 먼저 이야기를 꺼낼 것이다. 그러면 그의 영향을 받아 자신을 오픈할 용기가 생기고, 회피했던 자신의 일부를 직시할 용기도 생긴다. 관계에서 표현이 많아질수록 자유로움과 편안함을 더 많이 느낄 수 있다.

둘째, 상대방에게 나약함을 보여 줄 수 있다. 사람은 누구나 나약해지는 순간이 있다. 이러한 나약함은 관계 속에서 나타날 수도 있고 관계 밖에서 나타날 수도 있다. 예를 들어, 어릴 때부터 방치된 아이는 성장한 후 자신의 존재가 무시당하는 굉장히 두려워한다. 따라서 관계 속에서 자신의 존재가 무시당하는 것을 경험하면 분노가 치솟는다. 분노는 관계 속에서 보여 주는 나약함이다. 또 다른 예로, 직장에서 중요한 일을 제대로 해결하지 못해 상사에게 크게 혼이 나면 내면에 억울함과 분노가 생기고 자신이 나약하다고 느끼게 된다. 이것이 바로 관계 밖에서 나타나는 나약함이다.

관계 속에서든 관계 밖에서든 상대방 앞에서 자신의 나약함을 보여 줄 용기가 있고, 상대방이 나약함을 보고 도망치거나 공격하지 않으며 당신을 따뜻하게 안아 준다면, 그가 당신의 나약함을 받아들일 수 있다는 뜻이다. 당신 또한 이를 통해 자신이 깊은 사랑을 받고 있음을 느낄 수 있다.

사람들은 자신이 훌륭한 사람이 되면 사랑받을 수 있을 거라고 착각한다. 사실은 정반대다. 훌륭한 모습을 보고 서로 끌릴 수는 있지만, 나약함을 통해서 서로에 대한 사랑을 느낄 수 있다. 왜냐하면 나약한 순간이야말로 타인의 수용, 지지, 격려가 필요한 때이기 때문이다. 우리가 누군가를 사랑하게 되는 것은 상대방의 숨겨진 나약함을 보았기 때문이다. 같은 이치로 상대방의 빛나는 면만 보고 그의 고통을 보지 못한다면 그건 사랑이 아니라 끌림이다.

셋째, 그가 나를 얼마나 좋아하는지 느낄 수 있다. 친밀한 관계는 서로에 대한 호감을 바탕으로 맺어지는 관계이다. 누군가 별

빛처럼 반짝이는 눈으로 당신을 바라보면 당신은 그의 존재만으로도 자신이 괜찮고 멋진 사람임을, 매력과 자신감이 넘치는 사람임을 느낄 수 있다. 경시와 경멸은 "나 너한테 불만 있어.", "난 너의 이 부분을 받아들일 수 없어."라는 의미이다. 이로 인해 경시받은 사람은 자신이 나쁘고, 미움받고, 거부당한다고 느끼며 이러한 감정은 트라우마로 남는다.

친밀한 관계는 서로를 만들어가는 과정이다. 어떤 사람은 결혼생활을 하면서 갈수록 예뻐지는데, 그건 자신을 사랑하는 배우자를 만났다는 것을 의미한다. 그런데 어떤 사람은 결혼생활을 하면 할수록 위축된다. 이는 자신을 경시하는 배우자를 만났다는 것을 의미한다.

넷째, 그와 함께하면 스스로 성장하고 있음을 느낄 수 있다. 스스로 성장하고 있음을 느낀다는 것은 내면세계가 점점 넓어지고 있고 이치도 밝아지고 있음을 느끼고 경험하는 것이다. 당연히 이 과정에서 점점 자기 자신을 좋아하게 된다. 매정함, 저속함, 교활함, 계산적, 두서없음, 천박함이 아니라 결단력, 솔직함, 선량함, 집중력, 고상함, 유능함 그리고 기품을 더 갖추게 된다.

편안하고 친밀한 관계는 어떻게 가능할까?

서로 자양분을 주는 편안하고 친밀한 관계를 맺고 싶다면 다음의 세 가지 방법을 시도해 보자.

1. 비합리적인 기대를 타파한다

관계가 시작될 때는 달콤한 환상으로 가득 차 있다. 그래서 우리는 여러 가지 비합리적인 기대를 하게 마련이다. 비합리적인 기대 속에서 상대방에게 내 중심으로 진행될 것을 요구한다. 이를 통해 자신의 유년기 결핍을 메꾸려 하고 자신의 완벽한 돌봄자가 되기를 요구한다. 그러나 이는 모두 비현실적이다. 현실적인 관계는 서로 간의 상호작용, 감정 연결, 가치 교환의 관계를 의미한다. 따라서 비합리적 기대를 타파하고 현실을 직시해야만 관계를 조절할 수 있다.

2. 자신의 요구를 표현할 줄 안다

우리는 자신의 요구와 바람을 상대방에게 표현하는 방법을 배워야 한다. 물론 상대방의 능력 범위 내에서 가능한 요구여야 한다. 소통심리학에 따르면, 우리가 말로 표현한 모든 것을 상대방이 다 이해할 수는 없다. 하물며 아예 말로 표현하지 않은 것은 어떻겠는가? 그래서 사랑하는 사람에게 자신의 요구를 명확하고 용감하게 표현해야 한다. 감정과 요구를 영원히 마음속에 담아 둔다면 서로의 거리를 점점 더 멀어지게 할 뿐이다. 상대방을 이해하지 못하는데 어떻게 관계와 자아의 균형을 맞출 수 있겠는가?

상대방에게 자신의 요구를 말하는 것은 사실 자신을 도울 기회를 주는 것이기도 하다. 왜냐하면 도움은 상호작용으로 상대방을 돕는 것이 바로 자신을 돕는 것이기 때문이다.

3. 세 가지 역할을 수행한다

자신감 부족과 자신에 대한 의심으로 상대방이 원하는 것을 해줄 수 없다고 생각하는 경우가 있다. 그래서 끊임없이 상대방의 가치를 부정할 수밖에 없다. 이 또한 관계의 균형을 깨뜨리고 두 사람 사이에 갈등을 유발할 수 있다. 따라서 친밀한 관계를 잘 맺으려면 상호 간에 놀이 친구, 선생님, 공유자라는 세 가지 역할을 맡아야 한다.

'놀이 친구'는 두 사람이 공통의 취미를 갖고 있거나 무언가를 함께 완수한다는 것이다. '선생님'은 우리가 해결할 수 없는 문제에 직면했을 때 그가 나와 다른 각도나 관점을 제시해 주는 것이다. 사랑하는 사람과 함께하는 과정에서 상대방에게 가치 있는 제안이나 의견을 준다면 상호 간의 관계를 더욱 돈독히 하는 데 도움이 된다. '공유자'의 진정한 의미는 좋은 경청자가 되어 상대방의 내면에 있는 진짜 하고 싶은 말을 듣고 상대방의 불안, 답답함, 걱정, 나약함을 수용하며 상대방에게 필요한 지지와 도움을 주는 것이다.

종합해 보면, 모든 친밀한 관계는 필요에 의해 시작된다. 하지만 이를 유지하려면 두 사람 모두 노력해야 한다. 우리 모두 사랑으로 빛나는 삶을 누릴 수 있기를, 편안하고 재밌는 존재를 찾을 수 있기를 바란다.

07 ∞ 직장 내
딜레마 해결하기

다른 사람의 비위를 ——— ——— 맞추기 힘들다면

사람은 누구나 본능적으로 이익을 좇고 해가 되는 것을 피하는데, 타인의 비위를 맞추면 이익을 얻기도 한다. 하지만 비위를 맞출 때의 기분은 좋지 않으며 종종 불편함이 느껴진다. 비위를 맞추며 맺은 관계는 대립적인 관계로 협력적이지 않고 사랑이 담겨 있지도 않다. 대립적인 관계에서는 상대방을 향한 비난, 분노, 두려움이 생길 수 있다. 비위를 맞춘다는 것은 자신이 피해자의 위치에 놓였다는 것을 의미한다. 그러므로 비위를 맞추는 행위 그 이면에 자신이 원하는 것이 무엇인지를 분명히 알아야 한다. 일반적으로 다른 사람의 비위를 자주 맞춰 준다면 분명 목적이 있을 것이다. 보통 직장에서는 우리에게 이익을 주는 사람이나 의지할 만한 사람의 비위를 맞춘다.

비위를 맞추면서 우리는 불공평, 무시, 거절이라는 세 가지 감정을 느끼기도 한다. 이 세 가지 감정으로 인해 자신의 나약함을 느끼며 우월감을 얻지 못한다. 중요한 점은 우리가 누군가의 비위를 맞춰 주느라 애씀에도 그것에 대한 반응이 없다면 통제력을 상실하고 만다는 것이다. 그래서 사람들은 다른 사람의 비위를 맞추는 행위에 뒤따르는 감정이 두렵지만 비위를 맞추는 행위를 그만두지도 못한다.

⋮

상대의 비위를 맞추는 표현 유형

일반적으로 비위를 맞추는 표현에는 다음의 세 가지 유형이 있다.

첫째, 행동으로 표현하는 유형이다. 행동으로 표현하는 것은 자신을 낮은 위치에 두고 상대방을 높은 위치에 두는 것을 의미한다. 비위를 맞추는 것이 상대방에게 반드시 이점을 주는 것이 아님에도 그저 하나의 습관으로 자리 잡았을 가능성이 있다. 예전에 같이 일했던 동료는 아침마다 사무실에 출근하자마자 사람들에게 무엇이 필요한지 묻고 그 일을 해 줬다. 사람들은 그가 매우 유능하고 순종적이라고 생각했다. 당시 나는 그가 왜 그렇게

까지 하는지 이해가 되지 않았다. 나중에 알고 보니 그는 열등감이 높았고 다른 사람에게 가치를 인정받고 싶었던 것이다.

둘째, **겉모습으로 표현하는 유형**이다. 예를 들어, 어떤 사람들은 매번 외출할 때마다 옷을 어떻게 입어야 할지, 다른 사람이 자신을 어떻게 볼지를 생각한다. 그래서 생각하고 고민하느라 집에서 많은 시간을 허비한다. 그리고 아무도 자신에게 관심이 없다는 사실을 알게 되면 크게 실망한다. 자신의 겉모습을 지나치게 신경 쓰는 것은 겉모습을 통해 관계 속에서 타인의 비위를 맞추고 싶기 때문이다.

셋째, **갈등 속에서 표현하는 유형**이다. 가령 캥거루 유형의 사람은 다른 사람을 보살피는 것으로 자신의 가치를 실현한다. 따라서 다른 사람에게 자신이 필요할 때, 하고 싶지 않거나 할 수 없어도 거절하지 못한다. 이때 캥거루 유형의 사람은 내면에 갈등이 생긴다. 다른 사람의 비위를 맞추고 싶지 않지만 그렇다고 거절하지도 못하는 것이다. 비위를 맞추면서 발버둥 치고 있다. 이것이 바로 갈등 속에서 비위를 맞추는 유형이다.

일반적으로 거절할 줄 아는 사람은 자신의 감정을 잘 돌볼 수 있고, 거절할 줄 모르는 사람은 갈등 속에서 상대방의 비위를 억지로 맞추는 데 익숙하다.

직장에서 비위 맞추는 행위를 피하는 방법

직장에서 다른 사람의 비위를 맞추느라 마음이 지쳐 버렸다면 다음의 네 가지 방법을 참고해 보자.

1. 직장에서는 공동의 이익이 우선이다

직장은 협력적인 환경으로 사람들은 상호보완적인 관계를 맺고 있다. 따라서 다른 사람이 나를 어떻게 생각하는지, 자신의 이미지나 행동이 어떠한 결과를 가져올지를 지나치게 신경 쓸 필요가 없다. 직장에서는 잘 협력하고 일만 잘하면 그만이다. 따라서 산비둘기 유형의 마음가짐을 배워 보자. 그들은 이득이 없으면 타인의 비위를 맞추지 않는다. 오로지 이득을 얻을 수 있는 것에만 투입한다. 예를 들어, 산비둘기 유형의 사람이 가게를 차렸는데 고객이 오면 성심성의껏 미소를 짓지만, 고객이 고개를 돌리면 바로 미소를 멈춘다. '등가교환'이기 때문이다. 이들은 이익을 더 많이 생각하기 때문에 비위를 맞추는 행동을 할 필요가 없다.

2. 마음이 가는 대로 한다

인간관계에서 우리는 다른 사람에 대한 관심보다 그들이 나를 대하는 방식에 더 신경을 쓴다. 이러한 인지가 형성된 것은 과거에 받은 상처 때문이며, 그래서 다른 사람의 비위를 맞추거나 환심을 사는 방식으로 타인을 대한다. 그런데 조심스럽게 비위를 맞추는 방식으로 다른 사람을 대하는 것은 오히려 상대방의 공격성을 자극할 수 있다. 마치 어렸을 때 우리가 아무리 조심한다고 해도 부모가 어떠한 감정을 우리에게 분출하고 싶다고 생각할 때 비위를 맞추는 행동이 부모를 더욱 자극하는 것처럼 말이다. 이러한 패턴이 한 번 형성되면 실제 인간관계에서 고정되어 버린다. 이러한 상황을 바꾸고 싶다면 진정으로 온전한 자신을 보여주자.

달팽이 유형의 사람은 직장에서 다른 사람이 자신을 어떻게 생각하는지를 신경 쓰고 다른 사람이 자신과 관계를 맺지 않을까 봐 걱정한다. 이때 마음이 가는 대로 해 보자. 마음 가는 대로 옷을 입거나 맨얼굴로 출근해 보는 것이다. 답장하고 싶지 않은 메시지에는 간단하게 보낸다. 그런 다음 어떤 일이 일어나는지 살펴보자. 아마도 지금과는 다른 일들이 일어날 것이다.

3. 경계를 설정하고 다른 사람에게 'No'라고 말한다

아무리 인정받고 싶은 욕구가 크더라도 자신을 낮추거나 비위를 맞추는 방식은 사용하지 않아야 한다. 거절을 실천해 보자. "제가 너무 바빠서 이건 할 수 없어요."라고 당당하게 말해 보자.

그런데 캥거루 유형의 사람은 자아 가치의 만족을 얻기 위해 비위를 맞추는 행동을 보인다. 사실 이것은 일종의 통제이다. 그들은 협력할 때 "이건 난도가 좀 있는데 제가 먼저 해 볼게요."라는 말을 자주 한다. 겉으로는 다른 사람을 배려하기 위해 모든 일을 도맡는 것 같지만 사실 이 행동 자체는 남의 비위를 맞추려는 의미다. 설사 동료의 직급이 자신보다 낮더라도 이렇게 비위를 맞추는 행동을 보인다. 이 유형의 사람은 겸손해 보이지만 실제로는 자신이 가치를 느끼기 위해서 이렇게 행동하는 편이다.

달팽이 유형의 사람이 느끼는 두려움과 달리 캥거루 유형의 사람이 비위를 맞추는 것은 경계를 초월한다. 타인의 능력을 인정하지 못하며 자신의 업무를 알아봐 주지 않거나 상응하는 보답을 받지 못할 때 그들은 더 많은 원망을 품게 되고 이로 인해 힘들어한다. 그러므로 다른 사람의 부탁이든 아니든, 감당할 수 있든 아니든 거절해 보자. 자기 자신에게 내려놓으라고 말해 보자.

4. 자신을 피해자로 여기지 않는다

변화에 대한 희망을 타인이 나를 대하는 방식에 의미를 두지 않아야 한다. 다른 사람을 쳐다보지 말고 자신에게로 시선을 돌려 보자. 그래야만 나약한 상태에서도 밝게 빛나는 자신을 찾을 수 있다. 스스로 생존 능력을 갖추고 있음을 발견할 수 있다. 그 누구에게도 의지할 필요가 없다. 다른 사람이 나를 떠나거나 버릴까 봐 두려워할 필요가 없다. 관점을 바꿔 문제를 바라보면 자신과 다른 사람이 함께하는 패턴에 변화가 생겼음을 발견할 수 있을 것이다. 타인과 협력하고 윈윈할 수도 있고 타인의 우호적인 지지를 받을 수도 있다. 진심으로 상호작용을 하는 것이지 멀리 떠나는 것이 아니다. 이렇게 하면 타인과 더욱 진심 어린 협력 관계를 발전시켜 나갈 수 있다.

바쁜 상사와 ——————

—————— 효과적으로 소통하기

직장에서 이런 상황을 겪어 보았을 것이다. 바쁜 상사에게 업무 보고를 하면서 아주 상세하게 보고했는데, 정작 상사는 "그래서 무슨 말이 하고 싶은 거야?"라고 말한다.

상사는 시간에 대한 요구가 굉장히 높다. 특히 업무가 바쁜 상사에게 있어서 시간이란 돈, 거리 등 다른 비용보다도 훨씬 중요하다. 따라서 바쁜 상사와 효과적으로 소통하는 방법은 우리가 생각해 볼 가치가 있는 문제이다.

상사와 기분 좋은 소통을 위한 심리 전략

첫째, 시간 비용의 중요성을 기억해야 한다. 시간 비용을 계산하는 방법이 하나 있다. 월 소득(S)을 월 근로 시간으로 나누어 얻은 수치가 단위시간의 비용(P)이다. 즉, S÷T=P이다. 계산해 보면 직장에서 우리와 상사 간의 시간 비용의 차이를 발견할 수 있다. 핵심이 빠진 소통은 상호 간의 시간을 낭비하고 일을 방해할 뿐이다.

둘째, 내면의 긴장을 풀어준다. 상사나 선생님 또는 윗사람들에게 자기 생각을 말하기란 쉽지 않다. 권위자에 대한 두려움은 우리의 자아 부정과 완벽 추구 그리고 타인의 평가에 제대로 대처하지 못하는 데 따른다. 심리학 연구에 따르면, 자신감, 부담감, 열등감의 차이는 실제로 자기효능감의 강약에서 비롯되는 것으로 나타났다. 자기효능감이란 자신에게 특정 임무를 완수할 능력이 있는지를 추측하고 판단하는 것을 말한다. 분야마다 개인의 자기효능감은 각각 다르게 나타난다. 즉, 이과 계열에서는 자신만만하지만 외국어 회화에서는 부담감이나 열등감을 보일 수 있다. 훌륭한 전문적 기술을 갖추고 있더라도 언어 표현에서는 열등감을 보일 수도 있다.

성공의 경험을 끊임없이 축적해야만 자기효능감을 높일 수 있다. 그러므로 자아를 인정하고 과감하게 표현해 보자. 심장 박동이 빨라지고 호흡이 가빠지며 주체할 수 없이 떨리는 등 긴장이 심하게 느껴진다면 심호흡을 세 번 한 다음 두 손을 주먹 쥐고 최대한 꽉 쥐었다가 3초간 유지한 후 풀어준다. 이렇게 하면 심장 박동과 호흡을 안정된 상태로 조절할 수 있다.

상사 앞에서 자기 생각을 표현할 때 다음의 다섯 가지 전략을 활용하면 더욱 효과적으로 소통을 진행할 수 있다. 어쩌면 상사가 당신을 달리 볼 수도 있다.

⋮

상사가 내 말에 집중하게 하는 방법

1. 간단명료할수록 좋다

인터넷 회사 관리직원인 A는 상사와 간단명료하게 소통한다. 아무리 중요한 일이라도 10분을 넘기지 않고 쓸데없는 말은 한 마디도 하지 않는다. 또한 그의 업무 보고 과정은 명확하다. 예를 들면, 한번은 상사가 출장을 가면서 A에게 항공권 예약을 부탁했다. 그는 항공권 예약 후 상사에게 이렇게 보고했다.

"항공권 예약 완료했습니다. 목적지 도시의 기온은 ×℃이며,

조금 낮은 편이니 따뜻한 겉옷을 챙겨 가셔야 할 것 같습니다. 일정은 기사에게 전달했으며, ×시에 공항을 출발하여 ×시에 착륙할 예정입니다. 공항에 마중 나오는 사람의 휴대전화 번호는…."

상사가 보기에 A는 일을 신속히 완수할 뿐만 아니라 시키지 않은 일까지 세심하게 처리했으며 쓸데없는 정보가 하나도 없었다. 그의 업무 능력은 자연스레 높은 평가를 받았다.

반면에 B는 A와 동일한 업무를 줬을 때 이렇게 처리했다. 먼저 상사에게 항공권 구매가 어렵다고 알린 다음 최대한 예약을 시도한다. 그런 다음 상사에게 적당한 항공편이 없다고 말하고 출발시간과 항공사 선택을 반복하며 시간을 지체한다. 게다가 항공권 예약 과정에서 경험한 자신의 감정적 기복을 상사에게 모두 얘기한다.

당신이 상사라면 어떻게 반응하겠는가? 분명히 참지 못할 것이다. B의 보고도 매우 자세했지만, 그가 보고한 정보는 상사와 아무런 관련이 없다. 직설적으로 말해서 상사는 항공권을 예약했는지에만 관심이 있다. B가 상사에게 보고하는 과정은 마치 공적을 요구하는 것 같다. "공로가 없어도 고생했고, 고생이 없어도 피로가 쌓였어요. 제가 얼마나 힘들었다고요."라는 뜻이 숨겨져 있다. 아마도 B는 내심 인정받고 싶은 욕구가 있었을 것이다. 하지만 부하로서 한 가지 분명히 알아야 할 점은 상사는 어린이집 선생님도, 당신의 부모도 아니라는 것이다. 당신이 일을 처리

하면서 겪는 갖가지 감정을 신경 써야 할 의무가 없다. 그저 일의
결과만을 신경 쓸 뿐이다.

2. 8분의 법칙 활용하기

많은 심리학 연구에 따르면, 동영상을 보거나 음악을 듣거나
다른 사람과 소통할 때 최대 8분까지 집중력을 유지할 수 있다고
한다. 8분이 지나면 더 이상 우리의 관심을 끌 수 없으며 주의력
을 다른 곳으로 옮기게 된다. 할리우드 영화감독들은 항상 이 법
칙을 참고하여 영화 초반 10분 안에 서스펜스를 설정하고, 독특
한 화면 구성과 극적 갈등 등을 모두 넣어 관객의 시선을 사로잡
는다. 초반 10분 안에 흥미를 끌지 못하는 영화는 계속 볼 필요가
없다고 농담처럼 말하는 사람도 있다.

그러므로 우리는 상사와 소통하거나 요구사항을 표현할 때 8분
이내에 완료할 수 있도록 최선을 다해야 한다. 8분이 지나면 소
통의 효과가 크게 떨어지므로 중요한 내용을 초반 8분 안에 언
급한다.

3. 사전 준비를 한다

상사와 소통하기 전에는 몇 가지 준비가 필요하다. 특히 돌발
상황에 대비하기 위해 플랜 A와 플랜 B 두 가지 방안을 준비하는
것이 좋다. 예를 들어, 상사에게 업무 보고를 할 때 대략 얼마나

시간을 낼 수 있는지 상사에게 물어본다. 내 비서는 업무 보고를 할 때 기본적으로 5분 이내에 모두 끝낸다. 가끔 업무 이외의 일을 이야기하고 싶을 때면 먼저 "선생님, 이후에 다른 일정이 있으신지요? 없다면 다른 일에 관해 이야기하고 싶습니다. 다른 일정이 있으시다면 다음에 다시 이야기하겠습니다."라고 묻는다. 만약 내가 시간이 있으면 "10분 또는 20분 정도면 충분할까요?"라고 다시 묻는다. 비서의 질문은 나의 시간을 존중해 주는 것이며 나의 대답은 비서의 시간을 존중해 주는 것이다.

그러므로 소통을 하기 전에 플랜 A와 플랜 B를 모두 준비해야 한다. 상사가 내줄 수 있는 시간이 길다면 플랜 A를, 상사가 내줄 수 있는 시간이 짧다면 플랜 B를 사용한다.

4. 소통 내용을 체계화한다

소통할 때 항목을 나열해 본다. 예를 들어, 첫 번째 일은 어땠는지, 두 번째 일은 어땠는지, 세 번째 일은 어땠는지 적어 본다. 소통 내용을 체계화하면 표현이 논리정연해져 상사도 당신이 무엇을 표현하고 싶은지, 표현하고 싶은 관점이 무엇인지, 이어지는 내용이 얼마나 되는지를 바로 이해할 수 있다.

우리가 글을 읽을 때 한편의 글이 논리정연하고 구조적으로 표현되어 있다면 필요한 정보를 다시 찾는 데 많은 시간을 소모할 필요가 없다. 저자가 가장 직접적인 방법으로 필요한 정보를 제공하기 때문이다. 나 역시 이 책을 쓰면서 누구나 빠르게 필요한 내용을 찾을 수 있도록 주제별 내용을 체계적으로 구성하기 위해 노력했다. 마찬가지로 상사와 소통할 때도 체계적인 소통을 하면 바쁜 상사의 시간을 절약해 줄 수 있다. 따라서 사전 연습을 하고 소통 내용을 명확하고 간결하게 다듬으면 소통의 효율성을 높일 수 있을 뿐만 아니라 소통에 대한 자신감도 높아져서 더욱 여유 롭고 침착하게 표현할 수 있다.

5. 요구를 직접적으로 표현한다

연봉 인상, 승진, 부서 이동 등 상사에게 무엇인가를 요구하고 싶다면 직접적으로 말한다. 사람들이 요구사항을 표현할 때 보편 적으로 저지르는 실수가 하나 있다. 바로 요구하기 전에 내면에 서 너무 많은 심리 활동이 진행된다는 것이다. 또한 자신이 요구 한 다음 상사가 자신을 어떻게 대할지도 미리 걱정한다.

사실 내면 활동은 지극히 개인적인 것이다. 본인의 생각은 이 렇고 상사의 생각은 이럴 것 같다고 추측하지만, 이것은 상사의 진짜 생각을 의미하지 않는다. 심리학에서는 이러한 현상을 '투 사'라고 부른다. 더 간단히 설명하자면 본인의 생각을 상사에게 투사하면서 이것이 상사의 생각이라고 여기는 것이다. 그러나 상 사는 당신의 감정을 신경 쓸 만큼의 시간적 여유가 없다. 상사와 당신의 관계가 개인적으로 가깝지 않은 이상 보통의 상사라면 특히 업무 효율을 따지는 바쁜 상사라면 대부분 이성을 유지하지, 개인적인 감정이나 기분으로 업무를 대하지는 않는다.

다시 한번 강조하자면 요구사항은 직접적으로 표현하는 것이 좋고 최대한 간단명료하게 말한다. 상사가 혼란스럽지 않도록 지나친 수식어 사용은 자제한다. 요구사항을 명확하게 표현하지 않는 것은 상사를 인정 없고 소통이 어려운 사람으로 보는 것과 같다. 그러므로 바쁜 상사와 소통을 잘 유지하고 싶다면 언제, 어떤 문제가 있었는지, 어떻게 처리했는지, 다른 사람이 무엇을 해야 하는지라는 사고의 맥락을 반드시 기억해야 한다.

직장 내 ——————
—————— 폭력적인 소통 해결법

집에서든 직장에서든 인간관계에 있어서 소통은 매우 중요하다. 소통이라는 간단한 단어에는 수많은 학문이 담겨 있다. 사람들은 두 사람이 자주 대화하는 것을 소통이라고 생각하며 언어 표현을 잘하는 사람을 소통에 능한 사람이라고 오해한다. 사실 소통에서 언어가 차지하는 비중은 소통 내용의 30%에 불과하며, 나머지 부분은 우리가 놓치고 있는 표정, 신체언어, 분위기 등이 이에 해당한다.

표현을 잘한다고 해서 효과적인 소통이 이루어지는 것은 아니다. 예를 들어, 토론대회 참가자들은 표현을 잘한다. 특히 여러 가지 논거를 찾아 어떠한 관점과 주제를 설명하는 것에 능숙하다. 하지만 토론 참가자의 토론을 듣다 보면 은근슬쩍 개념을 바꿔치기하기도 하고, 각종 기교와 허점으로 상대를 억눌러 불편하게 만들기도 한다. 비록 다채롭게 표현하지만 논쟁을 벌이고 싶게 만들 뿐이다. 사실 이것은 폭력적인 소통이자 효과 없는 소통이다.

직장에서 사람과 사람의 관계는 협력관계이다. 따라서 소통은 자신의 생각이 옳다는 것을 증명하거나 상대방이 실패를 인정하도록 만드는 것이 아니라 의견 일치를 통해 공동의 이익을 얻는 것이다.

⋮

직장 내에 흔히 일어나는 폭력적인 소통 유형

일반적으로 직장 내 폭력적인 소통에는 다음의 세 가지 유형이 있다.

첫 번째 유형은 화풀이식 폭력적인 소통이다. 소통 과정에서 억울한 감정이 들면 감정적으로 대할 가능성이 커진다. 이때 소통은 감정 분출의 장으로 변해 버린다. 이때 상대방도 억울함을 느끼는 게 자신의 책임이 아니라고 말한다면 논쟁이 시작된다. 이때 두 사람의 소통은 각자 자기 말만 하는 모습으로 변한다. 결국 고무공처럼 문제를 이리저리 던지면서 서로 책임을 미루게 된다. 예를 들어, A라는 사람이 있는데 일을 대강대강 처리한다. A

와 함께 일을 하는 B는 확인하고 비교하느라 일이 더 늘었다. 이 때문에 업무 효율이 크게 저하됐다. 그래서 B는 A를 찾아가 A가 불성실해서 자신의 업무량이 늘었고 많은 일이 지연됐다며 짜증이 난다고 말했다. 이에 A는 최근에 자신의 업무가 더 늘었는데 다 급한 일이라서 스트레스를 많이 받고 있다며 심지어 울기도 했다고 변명했다. 두 사람은 각자 자신의 어려움을 말하며, 이야기를 나눌수록 감정이 격해졌다. 결과적으로 달라진 것은 없고 오히려 성의껏 협력해야 하는 두 사람 사이만 나빠졌다.

두 번째 유형은 통제식 폭력적인 소통이다. 상대방을 통제하는 유형에는 두 가지가 있다. 하나는 강경한 통제로 흡사 지시를 내리는 것처럼 상대방에게 "넌~ 해야 해."라고 분명히 말한다. 또 다른 통제 방식은 보이지 않는 통제 방식으로 상대방의 불편한 경험을 자극하는 것이다. 예를 들어, 상대방의 죄책감이나 자책감을 유발하는 방식으로 상대방을 통제한다. 궁극적 목적은 상대방이 자신의 말을 듣고 자신의 방식에 따라 일하도록 만드는 것이다. 이러한 소통 방식에서는 소통하는 두 사람의 지위가 불평등하므로 통제하는 사람과 통제를 당하는 사람의 관계로 변하기 쉽다. 통제를 당하는 사람은 수용 또는 거절 외에는 선택의 여지가 없으므로 기분이 불쾌하다. 이러한 소통 방식은 통제당하는 사람을 괴롭게 만들며 두 사람 사이에는 강자와 약자라는 관계가 나타난다.

세 번째 유형은 비난식 폭력적인 소통이다. 상대방을 비난함으로써 자신이 옳고 상대방이 틀렸음을 증명한다. 이를 뒷받침하기 위해 비난하는 사람은 많은 사례를 나열한다. 하지만 이때 언급하는 사례는 주관적일 수밖에 없다. 우리는 보통 자신의 잘못을 인정하지 않는다. 사람들도 자신의 잘못을 받아들이지 못한다. 왜냐하면 우리는 성장 과정에서 잘못을 저지르면 무서운 벌을 받을 수도 있다는 것을 경험했기 때문이다. 따라서 대부분의 상황에서 우리는 다른 사람이 잘못했다고 말한다. 예를 들어, 직장에서 문제가 생기면 가장 먼저 동료들이 무책임하고 모두 동료의 잘못이라며 타인을 탓한다. 그런데 다른 사람들도 같은 마음으로 나를 비난할 것이다. 이렇게 상호 간에 비난하는 소통 방식은 폭력적인 소통에 해당한다.

위의 세 가지 폭력적인 소통 방식은 모두 우리 주변에서 흔히 발생한다. 두 사람의 역할에 상관없이 모두 발생할 수 있다. 직장에서는 이러한 소통 방식이 소통 당사자 모두에게 좋지 않다. 만약 자주 이런 일이 벌어지지만, 문제가 있음을 인지하지 못한다면 관계가 깨질 수도 있으며 심한 경우 이러한 업무 환경에서 도망치고 싶다는 생각까지 든다.

직장 내 폭력적인 소통을 해소하는 방법

1. 방어벽을 내려놓고 상대방의 요구를 살펴본다

예를 들어, 첫 번째 소통 방식에서 상대방이 감정을 표출한다면 최대한 침착함을 유지하면서 자신의 방어벽을 내려놓는다. 그리고 상대방의 감정에 주의를 기울이고 그의 감정과 연결을 시도해 보자. 우선 표면적인 뜻은 생각하지 말고 감정만 바라보면 감정 표출 상황이 중단될 수 있다. 그럼 상대방에게 "우선 앉아서 커피 좀 드세요. 이 일로 당신이 화가 났다는 사실을 알고 있어요."라고 말할 수 있다.

소통에서 상대방이 오로지 통제만 하고 싶어 한다면 그냥 반응만 해 주면 그만이다. 어떠한 말과 행동으로도 상황을 바꿀 수 없다면 온화하게 거절하고 협력해 주지 않는다. 소통 과정에서 상대방이 자신이 옳다는 것을 증명하려고 계속 비난한다면 그 사람과 어떠한 논쟁도 벌이지 말고 가만히 듣기만 한다. 한 손으로는 손뼉을 칠 수 없으니 상대방의 비난을 인정해 주지 않도록 한다.

상황이 진정되면 진짜 문제가 수면으로 떠오른다. 만약 상대방의 폭력적인 소통에 영향을 받아 상대방의 감정을 부정하고 자신의 감정에 빠져들어 상대방에게 비위를 맞추거나 비난하기 시작하면 진정한 요구를 확인할 수 없게 된다. 또한 상대방의 폭력

적인 소통으로 공격받는다. 따라서 방어는 내려놓고 문제 해결을
우선순위에 둔다.

2. 온화하고 따뜻한 소통 방식이 언제나 옳다

사람들은 차갑고 감정이 없는 소통 방식보다 온화하고 따뜻한
소통 방식을 더욱 잘 받아들인다. "아이디어 참 좋네요. 근데 조
금만 수정하면 좋겠는데, 참고해 볼래요?" 상대방이 고쳐야 하는
부분이 있다고 생각한다면 먼저 상대방의 기여와 노력을 긍정한
다음 부드러운 말투로 고쳐야 하는 부분을 말한다. 이렇게 하면
상대방은 자신의 희생이 인정받았다는 느낌을 받는다. 또한 우리
의 의견도 더 쉽게 받아들일 수 있다.

3. 사실에 근거하여 말한다

소통은 두 사람 사이에서 일어나는 일이다. 소통을 시작하기
전에는 자신의 역할을 미리 설정하지 않는다. 가령 자신을 피해
자로, 상대방을 가해자로 미리 정해 두지 않는다. 이러한 관계는
대등할 수 없다. 또한 사람들은 이로 인해 여러 가지를 떠올리고
각종 방어기제가 열릴 수도 있다.

직장에서 우리가 동료와 가장 많이, 또 가장 중요하게 교류하
는 내용은 바로 업무이다. 우리는 게임을 하는 것도 아니고 친밀
한 관계를 맺는 것도 아니다. 따라서 비폭력적인 소통 방식을 사

용하여 일에 관해 이야기하고 '사실'에 근거하여 말해야 한다. 동료와 교류할 때 완벽을 추구한다는 기대를 버리고 소통의 목표를 인정받겠다는 것이 아니라 '효과적인 소통'을 하겠다는 쪽으로 조정한다.

4. 15가지 직장인 생존 법칙을 기억한다

진정으로 효과적인 소통은 두 사람의 인격적 독립, 평등, 자존심을 기반으로 이루어진다. 직장 내 폭력적인 소통을 해결하려면 다음의 15가지 직장인 생존 법칙을 명심하자.

① 직장은 협력이 필요한 공간이지만 본질적으로 이익을 중시하는 곳이므로 개인 적인 감정을 지나치게 쏟아낼 필요가 없다.

② 직장에서는 사적인 감정을 너무 많이 말할 필요가 없다. 좋고 싫고는 특정 행동 방식에 대한 당신의 감정일 뿐이다.

③ 협력이란 두 사람이 상대방의 가치를 서로 인정하고 자원을 교환하는 것을 말 한다.

④ 신뢰는 하나의 능력이다. 신뢰란 인간 본성의 나약함을 보더라도 여전히 타인 을 신뢰하는 처세 원칙을 말한다.

⑤ 사람과 사람이 함께 하려면 동정이 아니라 이해와 지지가 필요하다.

⑥ 인간관계에서 상대방에 관한 정보가 많을수록 상대방은 존중받고 있음을 느끼 며 당신을 수용하는 수준도 높아질 수 있음을 기억하자.

⑦ 소통할 때는 불필요한 추측을 하지 말고 본인의 상상력으로 일 자체를 확대하지 않는다.

⑧ 교류와 소통 과정에서 상호 간의 협력관계를 지속해서 강조한다.

⑨ 남에게 의존하는 사람은 다른 사람이 자신과 관계를 맺지 않을까 봐 두려워서 직장에서 다른 사람이 뒤집어씌운 누명을 쉽게 거부하지 못한다.

⑩ 모든 관계에는 등가교환의 원칙이 있다. 자원적 가치가 없다면 자신을 희생시킬 뿐이다.

⑪ 좋은 사회적 관계란 어떤 것일까? 평등하거나 대등한 관계이다. 우열을 가려 우월감을 얻는 관계가 아니다.

⑫ 사람과 사람 사이의 관계는 상호적이다. 어떤 각도에서 보면 상대방이 자신을 어떻게 대하는지는 본인이 초래한 일이기도 하다.

⑬ 도량이란 소통을 이해하는 것을 말한다. 자신이 무슨 말을 하는지, 무엇을 원하는지, 무엇을 원하지 않는지를 이해할 수 있다.

⑭ 집단폭력은 참고 양보한다고 해서 멈춰지지 않는다. 오히려 더 심해질 수도 있다.

⑮ 직업적 자질과 직업정신 관점에서 보면 직장은 전쟁터와 같다. 따라서 상사의 명령에 우선 복종해야 한다.

불합리한 요구를 ──────
────── 잘 거절하는 법

동료의 불합리한 요구를 어떻게 거절해야 하는지는 흥미로운 문제이다. 전쟁에서 사령관이 명령을 내리면 병사는 명령이 자신에게 합리적인지를 생각해 본 다음 명령을 따르는가? 직장에서는 누구나 자신의 관점에서 요구가 합리적인지를 판단한다. 하지만 직업적 소양과 직업정신의 관점에서 보면 직장은 전쟁터와 같다. 부하직원은 상사의 지시에 우선 복종해야 한다. 하지만 동료의 요구에는 난처할 수 있다. 따라서 동료의 불합리한 요구에는 온화하지만 단호하게 '아니요'라고 말하는 방법을 중점적으로 배울 필요가 있다.

:

단호한 거절법을 배워야 하는 이유

앞에서 거절하지 못하는 심리를 알아봤다. 직장에서 거절하지 못하는 원인도 마찬가지다. 거절하면 관계가 깨질까 봐 걱정되고 거절한 후 느끼는 수치심과 죄책감도 감당할 자신이 없기 때문이다.

자신과 타인 사이의 경계가 모호하면 자신의 감정으로 타인의 감정을 대신하는 오류를 범한다. 결국 동료의 요구를 거절하지 못하는 문제의 본질은 일 자체의 불합리성이 아니라 다른 사람의 요구를 거절한 후에 자신의 감정을 감당하지 못하는 데 있다. 동료는 그저 요구하는 것일 뿐 요구가 합리적인지를 생각하지 않는다. 합리적 또는 불합리적이라는 것은 사실 자신의 판단에서 나온다. 이 판단은 종종 요구 자체와는 무관하며 받아들이거나 거절한 후의 심리 상태와 관련이 있다. 따라서 상대방이 당신에게 합리적인 요구를 하는 사람이라고 기대한다면 이는 다른 사람에 대한 자신의 기대가 너무 높다는 것을 의미한다. 또한 그다지 편안하지 않은 관계에 있을 가능성도 있다.

좋은 인간관계는 자양분이 될 수 있다. 따라서 '거절'을 통해 소모하는 관계에서 벗어날 수 있다. 거절당했다고 낯선 사람 취급하거나 사방에서 당신을 표적으로 삼는 동료는 그들에게 문제가 있다. 그 사람의 비위를 맞춰 주거나 호감을 살 필요가 없으며, 소모적 관계로 빠지는 것을 피해야 한다.

만약 거절하지 않는다면 내면에 강한 억울함이 생길 수 있다. 심지어 상처받고 자아가 휩쓸리고 매몰될 수 있다. 이는 좋지 않은 감정이다. 스트레스는 우리가 감히 표출하지 못한 공격성에서 비롯될 때가 많다. 타인에게 거절하는 것은 이러한 공격성을 표출하는 것이다. 거절을 이해하지 못하면 이로 인해 많은 심리적 에너지를 소모할 수 있다. 내키지 않거나 원치 않은 상황에서 어떤 일을 한다면 본의 아니게 일을 망쳐 버리는 경우가 있다. 사실 이것은 수동적 공격이다. 우리는 자신의 리듬에 맞춰서 일을 해야 하며 외부 세계에 휩쓸리거나 매몰되지 않아야 한다.

거절은 침범당하지 않도록 우리를 보호해 줄 수 있다. 인간관계에서 침범을 당하면 자아의 완전성과 자주적 감정이 깨질 수 있다. 또한 거절은 자신과 상대방의 환상도 깨뜨릴 수 있다. 삶이 바로 그렇다. 어떤 사람들은 잠재의식 속에서 거절당하는 것을 받아들이지 못한다. 왜냐하면 나를 거절하는 사람은 나쁜 사람이고 이 세상은 나를 중심으로 돌아가야 한다는 객체 인지의 오류 때문이다. 만약 주변에 이러한 동료가 있다면 거절을 통해 환상을 깨뜨리자. 그의 내적 갈등은 스스로 조절해야지, 우리가 간섭할 수 없다. 만약 이 역시 당신의 생각이라면 책의 앞부분을 다시 한번 살펴보길 바란다. 어쩌면 당신이 편안한 관계를 얻지 못하는 원인을 발견할 수 있을지도 모른다.

부모나 친구 또는 사랑하는 사람이든 동료든 우리는 진실한 인간관계 역할로 되돌아가야 한다. 자신도 모르게 구세주 역할을 맡을 수도 있고 사사건건 타인에게 요구하는 무능력한 역할을 맡을 때도 있지만 이는 모두 진짜가 아니다. 오히려 거절하는 과정에서 자신의 역할을 다시 살펴보고 확인할 수 있으며, 자기 능력 등 다양한 부분에 대해서도 제대로 점검해 볼 수 있다. 우리는 할 수 없는 일도 있고 하고 싶지 않은 일도 있으며, 이를 상대방에게 합리적으로 표현할 권리가 있다.

⋮

직장에서 기분 상하지 않는 온화한 거절법

1. 상대방과 어떤 관계를 맺고 싶은지 생각해 본다

동료를 대할 때는 직장 내에서 동등한 인격체임을 항상 기억해야 한다. 직장에서 당신은 다른 사람을 완벽하게 돌봐주는 사람이 아니다. 또한 상대방의 생각대로 행동할 필요도 없다. 요구가 합리적인지 불합리적인지를 판단하는 기준은 당신이 쥐고 있다.

따라서 상대방의 요구를 충족시켜 줄지는 당신의 바람에 달려 있다. 도와주고 싶지 않다면 단호하게 거절한다. 온화하지만 단호하게 "아니요"라고 말한다.

2. '이타'는 반드시 '이기'를 바탕으로 한다

남을 우선시하는 '이타'는 나를 우선시하는 '이기'를 바탕으로 해야 한다. 단순히 자신을 희생하는 사람은 타인의 존중을 받을 수 없다. 오로지 자신만 희생한다면 괴롭힘을 당하는 경우가 많다.

우리는 자신보다 남을 먼저 생각하라는 교육을 받고 자랐다. 하지만 이러한 교육은 불합리한 신념으로 이어져 자신의 감정을 무시하고 심지어 자기 가치감을 손상시키기까지 한다. 이타는 반드시 이기를 바탕으로 형성해야 한다는 사실을 강조하는 것은 이기적인 사람이 되라는 말이 아니다. 희생정신의 위대함을 부정하는 것도 아니다. 모든 행위는 자기일관성을 갖춰야 한다는 것을 의미한다. 만약 우리가 원해서 하는 것이 아니라 죄책감과 수치심을 감당할 수 없어서 하는 것이라면 결국 자신이 더 큰 고통을 받는다.

15가지 직장 생존 법칙을 기억하는가? 당신의 인내와 양보는 아무것도 막을 수 없고 모든 것을 더 악화시킬 뿐이다. 당신의 방법만이 다른 사람이 당신을 대하는 방식을 바꿀 수 있다.

3. 규칙 우선 원칙과 등가교환 원칙을 준수한다

규칙 우선 원칙이란 나와 동료 간의 업무 분담을 명확히 해야 함을 의미한다. 불합리한 요구란 무엇인가? 바로 동료가 해야 하는 일을 당신에게 미루는 것을 말한다.

등가교환 원칙이란 무엇인가? 예를 들어 퇴근하기 직전 동료가 "이것 좀 도와줄 수 있어요?"라고 말하면 퇴근하고 싶은 마음이 굴뚝같지만 남아서 자신의 일도 아닌 동료의 일을 해 준다. 그런데 거절하는 방법을 배워서 동료에게 "오늘 제가 당신을 도와주는 건 문제 없어요. 근데 저도 내일 일이 있어서 먼저 가봐야 하거든요. 내일 저를 도와서 다른 일 좀 해 줄 수 있나요?"라고 말한다고 해 보자. 이것이 바로 등가교환 원칙이다.

아직도 완전히 거절하기가 어렵다면 등가교환 원칙을 통해 자신을 위한 자원으로 교환해 보자. 이렇게 하면 동료의 요구에 대한 자신의 인지를 어느 정도 바꿀 수 있으며, 당신과 동료 사이의 관계도 조절해 나갈 수 있다.

4. 나약함을 드러낼 용기를 갖자

가장 중요한 방법은 나약함을 드러낼 줄 알아야 한다는 것이다. 때로는 우리가 일을 처리할 수 있는 능력을 갖췄다고 해서 반드시 그 일을 해야 한다는 것을 의미하지 않는다. 어떤 사람들은 다른 사람의 요구를 거절하는 것이 자신의 능력 부족을 보여 주는 것이라고 생각한다. 이러한 심리적 장애를 극복하고 나약함을 드러내는 방법을 배워야 한다. 상대방에게 도저히 못 하겠다고 말해 보자. 일과 연관된 불가항력을 이유로 삼아 할 수 없다는 것을 설명한다. 가끔은 애교 섞인 목소리로 상대방에게 도와주고 싶지 않은 것이 아니라 정말로 도울 수 없는 상황이라고 말할 수도 있다. 이렇게 하면 긍정적인 의도를 표현함과 동시에 할 수 없다는 상황도 강조할 수 있다. 이처럼 나약함을 보여 주는 것은 진짜 나약한 것이 아니라 오히려 강함의 표현이다.

5. 상대방의 관계 유형에 맞춰 거절한다

내재적 관계 유형은 종종 한 사람의 행위 이면에 깊숙이 숨겨진 요구를 보여 준다. 이러한 요구를 이해하고 상대방이 제시한 요구의 본질을 파악한다면 더욱 단호하게 거절할 수 있다.

만약 상대방이 타조 유형의 사람이라면 우리는 먼저 자신의 감정 중에서 난처함을 극복해야 한다. 왜냐하면 타조 유형은 심리적 우위가 필요하며 다른 사람이 자신의 감정에 따르지 않는 것을 좋아하지 않기 때문이다. 그래서 타조 유형의 동료를 거절할 때면 우리는 보이지 않는 압박을 받는다. 그럼에도 거절해야 한다. 타조 유형의 동료가 제시한 요구에 대해 우리는 나르시시즘적 환상을 깨줘야 한다. 또한 그 동료의 요구를 거절하면 자신이 나쁜 사람, 나쁜 직원, 나쁜 파트너라고 생각하지 말고 자신에게 거절해도 괜찮다고 말해 준다. 우선 타조 유형의 동료가 제시한 요구가 합리적인지를 판단할 필요가 없다. 왜냐하면 우리와 타조 유형의 동료가 이에 대해 가지고 있는 판단 기준이 각각 다를 수 있기 때문이다. 따라서 <u>우리가 해야 할 일은 먼저 그의 요구를 공감해 주는 것이다. 요구를 표현할 권리를 인정하고 공감한 다음에 자신의 관점을 표현한다.</u> 이때 나약함을 보이는 방법을 사용할 수 있다. 이렇게 하면 상대방은 심리적 우위를 차지할 수 있어 더는 집착하지 않는다.

달팽이 유형의 사람을 거절하는 가장 좋은 방법은 사실대로 말하는 것이다. 이 유형의 사람은 안전감이 부족하므로 사실대로 말하는 것이 오히려 이들에게 안전감을 줄 수 있다. 우리가 어떠한 일을 제대로 알지 못하면 최선의 결과와 최악의 결과를 자주 떠올린다. 하지만 최악의 결과를 떠올리는 순간 오히려 걱정이 사그라지는 기분이 든다. 그래서 달팽이 유형의 동료는 미리 대처할 수 있도록 최악의 상황을 알고 싶어 한다. 왜냐하면 미지에 대한 공포가 그의 내적 불안전감을 증폭시킬 수 있기 때문이다. 그래서 달팽이 유형의 동료가 불합리한 요구를 할 때 이를 거절하려면 미지의 상황을 알 수 있도록 해 주면 된다.

캥거루 유형의 사람은 타인을 돌보는 것을 좋아하지만 내면에서는 보답을 갈구한다. 이들은 자신이 타인을 대해 주는 만큼 타인도 자신을 똑같이 대해 주기를 바란다. 그래서 캥거루 유형의 동료를 거절할 때는 반드시 그에게 무엇인가를 해 줘야 한다. 상대적으로 합리적인 거절 방식은 '거절+베풀기'이다. 이렇게 하면 캥거루 유형은 특별히 억울함을 느끼지 않고, 당신이 보답할 줄 아는 사람이라고 생각한다.

산비둘기 유형의 사람은 생각이 직접적인 편이라서 비교적 거절하기 쉽다. 앞서 제시한 몇 가지 방법 중 하나를 선택하여 따르면 된다.

소모적 관계를 끝내야 할 때

인간은 태어날 때부터 외로움을 느낀다. 외롭기 때문에 관계를 맺어야 한다. 인간은 관계 속에서 자아를 발전시키고 관계 속에서 감정을 느끼며, 관계 속에서 인격 발달을 완성한다. 물론 인간은 관계 속에서 자기 존재와 가치도 경험한다.

우리는 종종 관계 속에서 두 가지를 경험한다. 첫 번째는 소모이다. 친밀한 관계나 친구, 동료와의 관계에서 자주 이런 경험을 한다. 이러한 소모는 자신의 내적 소모뿐만 아니라 상호작용을 통한 소모도 포함한다. 두 번째는 자양분이다. 자신이나 상대방이 자양분을 얻었다고 생각하면 상대방은 이를 느낄 수 있다. 처음 관계를 맺기 시작할 때는 자양분이 느껴지지만 갈수록 소모적으로 변하는 강렬한 감정을 느낀다. 때로는 관계 속에서 우울, 분노, 억울함, 무력감을 느끼고 관계가 꽉 막혀 버린 듯한 기분이 들기도 한다. 이는 '난 원래 생기 있는 사람인데, 이 관계를 맺은 이후에는 갈수록 자유롭지 못하고 어색함이 느껴져. 특별히 좋았던 경험도 없었던 거 같아. 하지만 이 관계를 포기할 수는 없어. 그러니까 변화할 방법을 모색해야 해.'라는 의미를 내포하고 있다.

우리가 관계를 모색한다는 것은 또 다른 이상적 자아를 찾고 싶다는 뜻이다. 그러나 이상적 자아가 반드시 완벽하지는 않다. 우리는 자아의 소모를 줄이고 자아에 자양분을 주기 위해 모든 노력을 기울인다. 자신에게 맞지 않는 일을 더 이상 하지 않도록 허용하고 인생에서의 아쉬움을 있는 그대로 받아들인다. 자신의 기대를 채우지 못했다고 스스로 자책할 필요도 없다. 목표를 새롭게 정하고 다시 출발하는 것이 더 나은 선택일지도 모른다. 자신의 불완전함을 받아들이면 자아를 돌볼 수 있다. 더 이상 요구하거나 의존하지 않으면 자기책임을 실현할 수 있다. 자아 소모에서 자아 자양분으로 나아가 자아 초월을 실현한다.

우리 자신조차 의식하지 못하는 관계 유형이 우리의 인간관계와 관계 속 경험을 통제하는 경우도 많다. 만약 우리가 내재적 관계 유형을 제대로 이해하지 못한다면 바깥세상의 그 어떤 것도 우리를 변화시킬 수 없다. 자아를 찾는다는 것은 먼저 과거의 관계 유형을 이해한 다음 상대적으로 조화로운 관계 모델로 병적인 관계 모델을 대체하는 것을 말한다.

마지막으로 내재적 관계 유형 테스트를 공유한다. 이 책을 통해 자신을 발견하고 자신을 재인지하며 자신과의 관계, 타인과의 관계, 주변 환경과의 관계를 다시금 깨닫고 경험할 수 있기를 바란다. 이를 통해 관계를 제어할 수 있는 효과적인 소통 방법을 모색하고 내적 자아와 외적 자아의 조화를 이룰 수 있기를 바란다.

내재적 관계 유형 테스트하기

다음의 선택 문항은 관계 속에서 느끼는 다양한 감정을 제시하고 있다. 자신의 솔직한 감정에 따라 선택한다. 여기서 감정은 현재 관계에서 경험한 감정만이 아니라 모든 관계 속에서 자주 경험하는 감정에 대한 것이다.

1. 혼자 있는 것에 대해 당신은 어떻게 생각하는가?
   A. 비교적 모순적이다. 가까운 사람들과 함께 있는 것은 좋다.
   B. 싫다. 옆에 누군가가 있었으면 좋겠다.
   C. 좋다. 너무 편안하기 때문이다.
   D. 매우 좋다. 일을 할 때 더욱 효율적이기 때문이다.

2. 호감을 느끼는 사람을 만나면 당신은 어떤 마음이 드는가?
   A. 상대방에게 다가가기 전에 나의 감정을 확인할 시간이 필요하다.
   B. 그에게 잘해 주고 싶다.
   C. 겉으로는 도도하지만 내심 상대방이 다가와 주기를 바란다.
   D. 먼저 다가간다.

3. 친구들은 종종 당신을 어떻게 평가하는가?
   A. 겉으로는 약해 보이지만 실제로는 주관이 뚜렷하다.
   B. 남을 잘 돌본다.
   C. 에너지가 있고 외부 의견에 크게 신경 쓰지 않는다.
   D. 능력이 뛰어나고 성공을 추구한다.

4. 다른 의견을 마주할 때 당신은 보통 어떻게 반응하는가?
   A. 상관없다고 생각한다.
   B. 감정은 있지만 말하지 않는다.
   C. 자신의 의견을 고수하고 다른 사람의 의견을 듣지 않는다.
   D. 논리적으로 말하고 장단점을 분석하여 다른 사람을 설득하려고 한다.

5. 친구와 갈등이 발생하는 빈도는 대략 어떠한가?
   A. 거의 없다.
   B. 보통
   C. 자주
   D. 상황에 따라 다르다.

6. 사랑하는 사람과 말다툼을 할 때 당신의 첫 번째 반응은 무엇인가?

   A. 싸우고 싶지 않아서 자신의 잘못이든 아니든 먼저 다양한 방법을 찾아 손을 내민다.

   B. 스스로 억울함을 느끼지만 말하고 싶지 않아 다툼의 주제를 피하고 싶다.

   C. 상대방이 보기 싫고 내몰리면 직접 싸운다.

   D. 논리적으로 말함으로써 상대방이 두 손 두 발 다 들게 만든다.

7. 연애할 때 일반적으로 보여 주는 당신의 이미지는 무엇인가?

   A. 새끼 강아지/귀염둥이

   B. 아빠/엄마

   C. 강압적인 CEO/센 언니

   D. 상남자/상여자

8. 친밀한 관계에서 사랑하는 사람은 당신을 어떻게 평가하는가?

   A. 달라붙고 귀엽다.

   B. 배려심이 있고 남을 돌보며 일의 대소를 가리지 않는다.

   C. 자존심과 자부심이 강하다.

   D. 강인하고 감정을 절제한다.

9. 사랑하는 사람에게 바라는 모습은 무엇인가?

   A. 의지할 수 있는 사람.

   B. 어린아이 같은 모습도 있고 독립적인 모습도 보이는 사람.

   C. 자신을 이해할 수 있는 사람.

   D. 사업을 함께 할 수 있는 사람.

10. 주변 친구들은 대부분 어떠한 유형인가?

    A. 강하다, 나를 대신하여 어떠한 일을 완수할 수 있다.

    B. 연약한 편으로 나의 돌봄이 필요하다.

    C. 말을 예쁘게 해서 나의 장점을 확인할 수 있다.

    D. 대부분 직장에서의 친구이다.

11. 어떠한 상황에서 다른 사람의 비위를 맞추는가?

    A. 직접적으로 비위를 맞추지 않고 상대방이 원하는 대로 한다.

    B. 평소 다른 사람을 잘 돌봐 왔기 때문에 특별히 비위를 맞출 필요가 없다.

    C. 말을 예쁘게 해서 나의 장점을 확인할 수 있다.

    D. 상대방이 가치가 있는지 평가할 것이다.

12. 동료가 불합리한 요구를 한다면 보통 당신은 어떻게 생각/행동하는가?

    A. 관계가 깨질 것 같아서 쉽게 거절하지 못한다.

    B. 보통 다른 사람이 요구할 때 도울 수 있는 방법을 생각한다.

    C. 보통 거절하지 않는다. 거절하면 스스로 "나는 할 수 없다."라는 기분이 든다.

    D. 바로 거절한다.

13. 다음의 몇 가지 상황에서 가장 외롭다고 느끼는 것은 무엇인가?

    A. 주변에 의지할 사람이 없을 때.

    B. 너무 많은 일을 맡고 있는데, 지지해 주는 사람이 없을 때.

    C. '모두 취해 있는데 나 혼자 깨어 있는 것'처럼 생각을 이해받지 못할 때.

    D. 함께 게임 할 친구가 없을 때.

14. 다음 중 자기부정이 나타나기 쉬운 상황은 무엇인가?

    A. 다른 사람에게 부정적인 평가를 받을 때.

    B. 다른 사람에게 기여한 바가 없다고 느낄 때.

    C. 어떠한 일이 자신이 생각하는 완벽에 도달하지 못할 때.

    D. 스스로 친구가 없음을 발견하고 혼자라고 느낄 때.

15. 다음 중 당신에게 타격을 줄 수 있는 상황은 무엇인가?

    A. 매우 중요한 사람을 잃었을 때.

    B. 중요한 사람이 당신을 필요로 하지 않을 때.

    C. 다른 사람과 마찬가지로 나 자신도 평범하다는 것을 발견했을 때.

    D. 사업 발전이 좌절될 때.

※ 채점 방법은 문항별로 선택한 A, B, C, D를 각각 합산한다.

A가 가장 많으면 **달팽이 유형**.   B가 가장 많으면 **캥거루 유형**.

C가 가장 많으면 **타조 유형**.   D가 가장 많으면 **산비둘기 유형**.